-格致文库-
留给未来中国的好笔墨

《红楼梦》拾趣

李延祜 著

山西出版传媒集团
北岳文艺出版社

图书在版编目(CIP)数据

《红楼梦》拾趣 / 李延祜著. —太原:北岳文艺出版社, 2017.8(2023.6重印)

ISBN 978-7-5378-5223-4

Ⅰ.①红… Ⅱ.①李… Ⅲ.①《红楼梦》研究 Ⅳ.①I207.411

中国版本图书馆CIP数据核字(2017)第118960号

书　　名	《红楼梦》拾趣
著　　者	李延祜
责任编辑	韩玉峰
装帧设计	张永文
出版发行	山西出版传媒集团·北岳文艺出版社
地　　址	山西省太原市并州南路57号
邮　　编	030012
电　　话	0351-5628696(发行部)
	0351-5628688(总编室)
传　　真	0351-5628680
经 销 商	新华书店
印刷装订	山西万佳印业有限公司
开　　本	787mm×1092mm　1/32
字　　数	140千字
印　　张	6.25
版　　次	2017年8月第1版
印　　次	2023年6月山西第2次印刷
书　　号	ISBN 978-7-5378-5223-4
定　　价	38.00元

目 录

第一辑 《红楼梦》景物描写管窥

003　人物眼中景，景中显人物
013　景因情变，情因景生
020　个性环境两相宜
026　景物情节紧相扣

第二辑 《红楼梦》欣赏琐拾

033　玲珑山石有深意
036　潇湘风雨最多情
040　稻香景色藏幽怨
045　玫瑰花美刺偏多
050　寥寥数语见憨态

054	红梅何事多风情
060	红消香断有谁怜
064	不写笛声写笛韵
066	字斟句酌写炎夏
070	韵文写景有深意
073	贾府门前各有发现
077	人物眼中景,因人有详略
080	"放大"了的自鸣钟
082	不写鬼面写"鬼气"
087	"糊涂"的语言,鲜明的形象
091	巧言令色,害人邀宠
097	融洽而不投机的家常话
101	善化痈疽成桃花
105	"曲线"奉承术
109	苦中作乐心更苦
115	女儿有情父无义

118	一场耐人寻味的考试
122	难品的茄子，难辨的杯
126	贾府的几个"演员"
130	破了"二马不同槽"的例
133	笔写生者，意在死者
137	闲来逗鹦鹉，悲苦心自知
140	一支妒忌的"冷箭"
144	大有深意的情节安排
147	无意巧遇与有意跟踪
151	钗、黛情场"战术"得失
162	无根柳絮借"好风"
	——薛宝钗的情场"战略"
177	舆论扼杀贾宝玉
180	一石激起千层浪
185	人物立体化的透视

第一辑 《红楼梦》景物描写管窥

人物眼中景，景中显人物

在《红楼梦》第七十回里，惜春曾经传达过贾母对绘制大观园的意见：不能单画园子，这样就成了房样子了，要把大观园的人画上，像张行乐图一样才好。这也可以看作曹雪芹的美学观点。在他看来，景物的美与不美是不能脱离人而孤立存在的。离开了人的活动，自然景物也好，反映这种景物的绘画也好，就成了呆板的没有生命力的"房样子"，成了一张设计图纸。所以在《红楼梦》中从不大篇地孤立地铺写景物，往往把景物、场景的描写与人物塑造紧密地结合起来。景中有人，以人写景，通过书中人物的眼睛描写景物，又通过对景物产生的感受、联想丰富了人物形象，人景互为补充，相得益彰。

人对景物美的评定、发现是与他的文化修养、社会阅历、个人身世等有密切关系的。一个人类学家可以从一具古猿人头骨化石中发现美，展开他丰富的想象。但对一般人来说，可能产生一种厌恶的感情，一个雕塑家在一个树根中可以发现美，把它加工成一个动物，完成他美的理想，对一个没有艺术眼光的人来说，它够不上一把好劈柴。曹雪芹在艺术实践中认识到了这一点：对待自然景物的美，是仁者见仁，智者见智，因人而异，各有取舍。

惜春（程伟元刊本《红楼梦》插图）

林黛玉(程伟元刊本《红楼梦》插图)

林黛玉和刘姥姥这两个不同身份、地位、阅历的人物，同样是初进贾府，却各自从不同的角度"发现"了贾府的"美"。在这里作者没有正面地单独地介绍贾府墙内的生活情景、自然风物，而是通过两个人的所见，逐步拉开了这座豪门贵府的生活内幕。在这同时，我们也就开始逐渐了解这两个人物形象本身。

　　林黛玉来贾府之前，在家时母亲就跟她说过"外祖母家与别人家不同"，她早有思想准备，所以一开始，就以"要步步留心，时时在意，不要多说一句话，不可多行一步路"自诫。何况这次来贾府，又是在母亲亡故之后，来过一种寄人篱下的生活呢。而且一开始接触到的几个仆妇，吃穿用度，已是不凡，母亲的告诫果真不虚。这样，心情也就更加紧张。她是怀着一颗忐忑不安的心，一步步走近了贾府的。她首先发现的是什么呢？

　　　　忽见街北蹲着两个大石狮子，三间兽头大门……

　　"忽见"两个字，像是电影中突然拉近的特写镜头：扑面而来的是两个石狮子和几个兽头。大概只有此时此地来投亲靠友，心情极度紧张的林黛玉才会敏感地首先看到这些威严的"野兽"吧，无形中给这位孤弱的少女以心理上极大的压力。进了贾府，还是通过林黛玉的眼睛描述了厅堂、院落的建筑，室内的陈设以及在她眼前出现的走马灯一样的人物。她不断地猜想着：这是何地，何人，应坐何处，应如何吃茶……内心活动异常丰富，感情变化非常复杂。她睁着一对天真疑惑的眼睛，像是在一个幽暗、深邃、阴森的神殿里东张西望，踽踽而行，警惕着身边事，耳听着弦外音。读者也像是伴随着她游历了贾府，看到了这里的房舍亭台，人物礼仪。但是这一切无不染上了林黛玉的主观色彩。与此同时，我们对这位林小姐也有了初步认识：她是一个心细好强，多疑多虑，早熟的姑娘。

刘姥姥一进荣国府，是通过这样一位农村老好人的眼睛描写了贾府景物。她进了堂屋，"身子就像在云端里一般，满屋里的东西都是耀眼争光，使人头晕目眩"。如果说林黛玉初进贾府心情是紧张、谨慎的话，那么刘姥姥则是感到迷惘、惊奇。林黛玉出身官宦人家，多少见过些世面，到了贾府还不至于眼花缭乱，乱了方寸，也不会对一座自鸣钟有那么大的兴趣。同样刘姥姥也不会像林黛玉那样去关心那一幅幅楹联。

刘姥姥对自鸣钟确实感到迷惑不解。只听见咯当咯当的响声，很似打锣筛面的一般，不免东瞧西望的，忽见堂屋中柱子上挂着一个匣子，底下又坠着一秤砣似的，却不住地乱晃。刘姥姥心中想："这是什么东西？有煞用处呢？"正发呆时，陡听得"当"的一声，又若金钟铜磬一般，倒吓得不住地展眼儿。接着一连又是八九下……这座自鸣钟通过刘姥姥眼睛的"折射"，好像有了"神"，活起来了。又是咯当乱响，又是乱摇乱晃，在刘姥姥周围像是布满了活机关。

这里没有写贾府簪缨鼎食的生活，只写了一座在刘姥姥的眼睛里"放大"了的自鸣钟，它却使所谓吃穿用度都是外人没见过的贾府的奢华靡费的生活显得非常具体生动了。假如不是从刘姥姥的角度来写，这座钟没有刘姥姥的感情色彩，而是直接写：堂屋柱子上挂着一座自鸣钟，那么即使写得非常详尽，也不会取得现在这样的艺术效果。

刘姥姥醉卧怡红院有异曲同工之妙。在这里一切都走了形，变了样。一幅有立体感的美人轴画，她误认为是一位姑娘；挂在墙上的扁平的瓶、炉装饰品，她反倒认为是贴在墙上的画；穿衣镜里看到自己的影子，当作了亲家母，用手一摸，咯噔一声又触动了板壁的机括。刘姥姥简直是进了迷宫。

通过刘姥姥亲历目见的介绍，以及她的生活经验与贾府实际生活的强烈对比，加上刘姥姥与这个贵族家庭豪华生活的处处不谐调、不适应，更突出了"天上人间诸景备""比画还强十倍"的大观园的富贵淫靡。同时，刘姥姥这个朴实、风趣而又带点市民习气的形象，也就更加丰满了。借人写景，由景衬人，相辅相成，景物更有神采，人物更加充实。

《红楼梦》有些景物是采取了正面描写的方法。尤以大观园试才题对额和元妃归省最为集中。试才题对额对大观园景致做了最充分的描绘，与林黛玉、刘姥姥的初进贾府不同，基本上不带有小说人物的个人感情色彩，而由作者客观地直接描述。如：

进入石洞，只见佳木葱茏，奇花烂漫，一带清流，从花木深处泻于石隙下。再进数步，渐向北边，平坦宽豁，两边飞楼插空，雕甍绣槛，皆隐于山坳树梢之间。俯而视之，但见青溪泻玉，石磴穿空，白石为栏，环抱池沼，石桥三港，兽面衔吐。桥上有亭……

类似的段落，都是客观地描绘，游记的风格。

同样这些自然景色也不是游离于人物的。一山一水，一亭一阁的描画，固然是表现了大观园富丽堂皇的繁华景象。另一方面仍然是为了映衬人物。

围绕着大观园一处处景物，以贾政和清客帮闲为一方，以贾宝玉为另一方，展开了思想交锋和两种美学观的争论，再一次表现了不同人物的不同审美趣味。贾政之流精神生活极端枯燥乏味，四书五经的灌输使他们丧失了欣赏自然美的任何能力。只有风流俊雅的贾宝玉才能真正领略这里的风光美。对诗词歌赋杂剧小说的阅读欣赏，丰富了他的才情，进而提高了他的鉴赏力，同时也就能够用优美的诗联和题额，名实相符地概括出一处处自然美的特色。在自然景物面前，他们一个个都敞开了自己的灵魂；曹雪芹让他们不自觉和宝玉做了对比，更突出了贾政的迂腐无文的冬烘面貌和帮闲清客们的谄媚嘴脸，映照得贾宝玉更加风流儒雅、光彩照人。

这是贾宝玉和贾政等通过对自然景色的评论做的对比。还有一层对比，那就是自然景物与贾政等一帮庸人的对比。大观园试才题对额是作者描写景物最多的一回。这里有秀丽妩媚的美，也有雄伟壮丽的美；有自然天成的美，也有人工雕琢的美。可是在这旖旎迷人的天地里活动的却是贾政、帮闲们一群俗不可耐的庸才。大观园的景色写得越是奇丽诱人，贾政一帮人故作风雅的丑态越显得突出，他们的精神世界更显得空虚。像是一群驴子闯进了一座美丽的花园，它们任性践踏花草，大煞风景。这片姹紫嫣红的园地，欣赏却不得其人，读者不禁为之惋惜。

这种美与丑、真与假的对比，在大观园落成和元春归省一节也得到了充分的运用。为了迎接元春，大观园"一处处铺陈华丽，一妆妆点缀新奇"。

> 两边石栏上，皆系水晶玻璃各色风灯，点的如银光雪浪；上在柳杏诸树，虽无花叶，却用各色绸绫纸绢及通草为花，粘于枝上，每一株悬灯万盏；更兼池中荷荇凫鹭诸灯，亦系螺蚌羽毛做就的，上下争辉，水天焕彩，真是琉璃世界，珠宝乾坤。

遗憾的是这些都是人工制造的假风景、假繁华。在这说不尽的人为的"太平景象，富贵风流"的外表掩饰下，却是一家人骨肉分离的深切痛苦。元春和贾母、王夫人"只是呜咽对泣"。其他人也是垂泪无言。元春说宫中是"不得见人的去处"，倒不如田舍之家，得遂天伦之乐。见了宝玉，"一语未终，泪如雨下"。回宫时拉住贾母、王夫人的手不忍放开，贾母等哭得哽咽难言。悲悲切切，生离死别的气氛始终笼罩着整个省亲过程。

曹雪芹在元妃省亲一段景物的描写，用了许多金碧辉煌的字眼，只有这样才能显示贾府烈火烹油之盛，同时也才能和皇家妃子省亲的威严、身份、气派相称。对虚假的人工景物的色调渲染得越是浓重，和人伦感情对比得就越是强烈，欢乐的形式与痛苦的内心更显得那样不谐调。这些人工制造的繁荣和虚假的排场对贾家父母子女倒成了绝妙的讽刺，更加暴露了封建礼教的虚伪与残酷。这里景物描写对人物起到了反衬作用。

元妃省亲（改绮《红楼梦临本》）

景因情变，情因景生

大自然风光是没有灵性感情的。牡丹富贵，菊梅高洁，见杨柳而生离愁，睹松柏则志自坚贞，都是人的感情给它们以色彩。"感时花溅泪，恨别鸟惊心"，万物似有情感；"相看两不厌，只有敬亭山"，物我为友，几至两忘。大自然像是一幅未曾着色的画稿，每个人都可以用感情的彩笔去涂写。同一个人在不同的心情下，对景物可以有不同的感受。心情好时，山起舞水唱歌；心情恶劣时，山低头水鸣咽。《文心雕龙·物色》篇说："岁有其物，物有其容，情以物迁，辞以情发。一叶或且迎意，虫声有足引心，况清风与明月同夜，白日与春林共朝哉。是以诗人感物，联类不穷。"

在《红楼梦》中我们会看到不少"情以物迁，辞以情发"的例子。我们不能不赞叹曹雪芹是一位描写景因情变的圣手，在他的笔下几乎没有固定感情色彩的景物，随着主人公情绪的好坏，同一自然景物也在不断地变换着冷暖色。

《红楼梦》第三十五回，宝玉挨打以后，贾府上下都去探望。林黛玉触景生情，想起有父母的好处，自怜孤苦伶仃，不觉泪珠满面，闷闷不乐地回到潇湘馆。一进院子，"只见满地下竹影参

宝玉（程伟元刊本《红楼梦》插图）

差,苔痕浓淡"。这些天天出现的景色,平时她不一定留心,也不会有什么联想。而此时却触动了凄苦的情怀。马上想起了《会真记》中"幽静处可有人行,点苍苔,白露冷冷"这些感伤的词句。进而想到双文虽然命薄,尚有孀母弱弟,自己却没有一个亲人。想到这里,又要落泪。吃完药以后,她看到的是"窗外竹影映入纱窗",感到的是"屋内阴阴翠翠,几簟生凉",处处充斥着惨淡的情调。可是这地上竹影,窗上竹影,苍苔浓淡,都是灿烂阳光照射下呈现的景象。在这碧空万里朝日初升的早晨,本不应该有落日黄昏凄风苦雨时的悲凉心情。可是,由于这时的林黛玉心疼宝玉挨打,疑心宝玉、宝钗感情深密,自叹孑身命苦,心绪异常繁乱,精神苦闷。所以在她眼里,天地变色,一切晨光很自然地都呈现出凄寒悲楚的景象。

中秋节是中国人民传统的团圆节,中秋月夜,"对景感怀,倚柱垂泪",对多情善感的林黛玉来说是很自然的。可是经过史湘云一番劝慰,又邀她作诗联句,不免挑起了争胜好强的豪兴。二人在讨论"凸""凹"二字典故时,林黛玉又透露凸碧堂和凹晶馆是她拟的名字,颇有几分自矜。

情绪好转,兴致渐高,这时连最容易使林黛玉望月思乡、凄然下泪的中秋月夜,也换了一番景象,陡增光彩。

> 只见一轮皓月,池中一个月影,上下争辉,如置身于晶宫鲛室之内,微风一过,粼粼池面皱碧叠纹,真令人神清所爽。

由于林黛玉内心感情的不同,最易使孤女伤怀的中秋之夜反而比旭日东升的早晨景色更为迷人。

阳光普照的清晨,她看到的是"竹影参差""苔痕浓淡",情景惨淡;中秋之夜却是天上月池影"上下争辉";朝阳照射的房间"阴阴翠翠,几簟生凉";月光下丘旁水滨的秋夜,却是如置身于"晶宫鲛室";清晨触景生情想起的是《会真记》中感伤的词句;中秋联句却是"匝地管弦繁,几处飞狂盏","良夜景喧喧","素彩接乾坤",一扫颓废消沉色彩。

景物无情。林黛玉以有情观之,因情不同,景多反常态,当忧者反喜,当喜者反忧,异地而不同,因时有变化。

对贾宝玉来说,景物的色彩也是随着心情的不同在变换着的。在第四十九回里,李纨提议大家在芦雪庭拥炉赏雪作诗。贾宝玉这个"无事忙"兴奋得一夜没睡好,担心大雪停了,扫了诗兴。天亮了,从窗户向外一望:嘀,一夜在雪下了一尺来厚,"天上仍是搓棉扯絮一般"。他非常高兴。出了院门四顾一望,并无二色,远远的是青松翠竹,自己却似装在玻璃盆内一般。于是走到山坡之下,顺着山坡刚刚转过去,已闻得一股清香扑鼻。回头一看,却是妙玉那边栊翠庵中有十数枝红梅,如胭脂一般,映着雪色,分外显得精神,好不有趣。芦雪庭一带是:几间茅檐土壁,横篱竹牖,推窗便可垂钓,四面皆是芦苇掩复,一条石径,逶迤穿芦度苇过去,便是藕香榭的竹桥了……由于贾宝玉能有机会和众多姑娘作诗联句,兴致很高,激动不已,所以严冬的一场大雪,丝毫没有万物萧飒的景象。青松翠竹,白雪红梅,竹篱茅舍,石径竹桥;雪如搓棉扯絮,花似胭脂猩红,人如在玻璃盆内。在贾宝玉看来这是一幅多么美好的图画。

在第二十三回里,暮春三月,落英缤纷的光景,当时贾宝玉正陶醉在《会真记》里,而且对林黛玉初恋之情已经萌动,虽然是面对落花,却没有伤春情绪。可是五十八回,当万物复苏的清明节到来的时候,他却变得异常颓唐起来。清明前后,春风拂面,草木抽绿,对贾宝玉这个宝贵闲人来说正是春装初试,翩翩踏青的好时光。但他看到了什么,又怎样牵动痴情的呢?只见柳垂金线,桃吐丹霞,山石之后,一株大杏树,花已全落,叶稠阴翠,上面已结了豆子大小的许多小杏。花已谢,子已结,一派春光,充实圆满,只待丰收,何忧之有?可是贾宝玉想的却不同:

> 能病了几天,竟把杏花辜负了!不觉到"绿叶成荫子满枝"了!又联想到再过几天杏树要子落枝空,待嫁的邢岫烟几年后也不免乌发如银。于是对树长吁短叹。这时忽然一只雀儿飞来,落在枝上乱啼,贾宝玉又呆性发作,沉思遐想:"这雀儿必定是杏花正开时他曾来过,今天无花空有叶,故也乱啼,这声韵必是啼哭之声,可惜公冶长不在眼前,不能问他。但不知明年再发时,这个雀儿可还记得飞到这里来与杏花一会不能?"

一株杏树,浮想联翩。花本无情,却言"辜负";雀儿无知,猜想飞来是为悲悼落红，眷恋旧情。贾宝玉移情于物，花鸟为之怆楚；见春光即逝，遂叹红颜枯槁。三月春色，花香鸟语，叶稠子密，却被贾宝玉抹上一层暗淡色彩。之所以如此，是因为紫鹃骗宝玉说林黛玉要回苏州，结果害得他患了一场大病，这时刚刚痊愈，心情特别颓丧。又听说邢岫烟已定亲待嫁，眼见他最崇拜的姑娘们将要一个个散去，感伤不已。这样的心境，当然无心领略大好春光，反倒牵惹出一串人生无常的愁绪。

万物枯败的冬天可以使贾宝玉兴奋，万紫千红的春色倒令他伤怀。自然景物有着多方面的属性，随着心情的不同，人们可以从各种角度加以弃取。从这点出发，曹雪芹在处理情与景的关系时，无不得心应手，妥帖和谐，初看似乎反常，细想合乎情理。

紫鹃（程伟元刊本《红楼梦》插图）

个性环境两相宜

一个人的居处环境,室内陈设就是他的性格和影子,反映了他的审美观点、艺术欣赏趣味。萝卜白菜,各有所爱。人对美追求是千差万别的。在曹雪芹笔下,人物的居室摆设,院内花木,都很好地体现了主人公的个性、情趣、思想和爱好。即令相近的人物也存在着明显的差别。我们可以由他(她)们的院落房室判断出它们的主人。

秦可卿房里的古玩、画图无不反映了这位少妇的富贵淫荡,自不待言。就是其他小姐也是各异其趣的。

林黛玉的潇湘馆,种的是泪痕点点的斑竹,地上是斑驳的苍苔。羊肠小道,窄房小室,又总是那样阴暗潮湿,作者故意在这里安排了更多的凄风苦雨,整日淅淅沥沥,下个不停。整个景物充满了主人公孤傲自赏,凄楚哀怨的情调。亭亭玉立的斑竹,尖尖的竹叶,伴以秋雨连绵,雨滴竹梢的音响,这不正是整日流泪不干的林黛玉多病多虑的身心的写照吗?

更值得注意的是,林黛玉庭院里的竹子、芭蕉、苍苔等都是不结籽不结果的草木和地衣。侧面表现了林黛玉超凡脱俗、清虚绝尘、恬淡无为的出世人生观。这一点与薛宝钗对比来看就更清楚了。

蘅芜院是"阴森透骨",房舍是"清厦旷朗"。贾母一看就知道是薛姑娘的闺房。院子里"异香扑鼻,那些奇草仙藤,愈冷愈苍翠,都结了实,似珊瑚豆子一般,累垂可爱"。房内"雪洞一般,一色的玩器全无,桌上只有一个土定瓶,瓶中供着数枝菊花,并两部书、茶奁、茶杯而已;床上吊着青纱帐幔,衾褥也十分朴素"。闺房里透出的一股"异香",而不是林黛玉房里的幽香、清香。

薛宝钗是一个面冷心热"任是无情也动人"的美人胚子,房间一如其人,像她常服的冷香丸一样,无处不迷温着薛宝钗的"冷"和"香"。和潇湘馆相反,这里不是奇花就是仙藤,而且都结了像珊瑚豆子一样的果实,一串串,一累累。奇花仙藤说明她不与俗人相等,自高一格。然而果实累累又是她不慕虚幻,讲究实际的功利主义入世思想的曲折反映,终于不能免俗。最后连她自己不也是为贾家结下了一颗希望之果吗?

对于柳絮,过去吟咏者多脱不出"别""愁"二字。而薛宝钗独翻前意,尽扫古人,以"好风凭借力,送我上青云"自比抒怀。于柳絮尚且能如此,那么蘅芜院里的草木多能结实育果也就不难理解了。这与林黛玉住处大相径庭。

贾母认为薛宝钗的房间太简朴,太素净,缺少喜庆色彩。一个未出阁的姑娘的闺房像是寡妇的居室,这样犯忌讳。贾母哪里知道,这正是薛宝钗思想、性格的反映。金钏投井自杀后,她尚且能主动拿出自己的新衣服发送死人,没有什么忌讳,更何况房

薛宝钗（程伟元刊本《红楼梦》插图）

探春（程伟元刊本《红楼梦》插图）

间布置陈设？这种过于素净的风格情调，正是她"行为豁达，随分从时""罕言寡语，人谓装愚，安分随时，自云守拙"的另一种表现形式。她的这种处世哲学决定了她只能形成这样的设计风格。

探春的房间又与林、薛二人不同。她性格豁达，所以三间房子相通，中间不加隔断，一眼看去，就不像林黛玉的潇湘馆那样局促压抑。屋里放的是大鼎、大盘、大条子、大花囊、大佛手、水晶菊花、白玉磬，院里种的是阔叶梧桐。一切都显得那样坚实、硕大、富贵、古朴、凝重。这些都是和她的小姐地位、庶出身份和强烈的自尊心分不开的。

我们能否这样理解：她是小老婆生的，对于自己的出身非常敏感，生怕别人瞧不起。如果房间再像薛宝钗那样简陋，别人就会更加看不起她。所以这样富丽的布置，正是为了显示和巩固小姐地位的需要。更重要的是和她的情趣爱好，以及开朗大度、端庄干练的性格作风是一致的。

她是一个积极用世的人，有治家的才干，深明仕途经济之道。因处闺房之内，脂粉气淡而须眉气浓。

探春与薛宝钗在豁达大度、积极用世方面有一致的地方，而且二人都有办事的才干。可是在审美趣味上却有着明显差别。探春学问修养略逊一筹，才情也显不足，所以房内布置宝物堆积，世俗气重，富丽气浓，与薛宝钗的素净淡雅恰成对照。

假如打一个比方的话，可以说林黛玉住处如苏州园林，薛宝钗住处如旷野古刹，贾探春住处如东、西宫院。让林黛玉住进蘅芜院，她会"犯忌讳"；让她住秋爽斋，又会觉得太富贵、太俗气，什么都太笨重，不符合她小巧玲珑的标准。让薛宝钗、贾探春住进潇湘馆，她们会感到太压抑，不舒展。薛宝钗如果住进秋爽斋，就违背了她行为豁达、装傻随和、自云守拙的处世原则。贾探春住进蘅芜院，就会发现自己贬低了自己的身份。

景物情节紧相扣

曹雪芹不放过任何机会创造诗情画意的美好境界,在他的生花笔下,自然景物的描写发挥着多种多样的作用。有时淡淡几笔风景,看来似无深意,细读大有文章,原来是作者匠心独到的安排,景物的描写有时又成了承上启下展开情节的契机。

《红楼梦》第二十六回,写贾宝玉到了潇湘馆,这里是:

> 凤尾森森,龙吟细细。湘帘垂地,悄无人声,一缕幽香,从碧纱窗中,暗暗透出。

三言两语传达出了潇湘馆幽静气氛。这时正是良辰美景奈何天,惹人春愁困乏时。于是林黛玉脱口而出,低吟《西厢记》词句"每日家,情思睡昏昏",披露了她内心的一片怀春愁绪。这些话她是不避讳不通文墨的丫鬟的,可是偏偏惊动了窗外的贾宝玉,经他一重复,林黛玉"自觉忘情",遂以袖遮面,佯装睡去。贾宝玉情不自禁,对着紫鹃又引用了《西厢记》张生赞红娘的唱词:"若共你多情小姐同鸳帐,怎舍得叠被铺床?"唱词太露骨了,唐突了林黛玉,她哭起来。贾宝玉不得不向林妹妹赔情。

一开始突出描写潇湘馆的寂静，"悄无人声"，正是为了引出林黛玉的午睡。也只有在这样安静的情况下，贾宝玉才有可能在窗外听到林黛玉的低声吟唱，才能出现后来的小波澜，在他们互相斗气、试探中才有了更深的了解。所以这里"凤尾森森"的几句景物描写不是多余之笔，而是故事发展的媒介。

第三十六回描写了贾宝玉夏日午睡的景象。先是薛宝钗到了怡红院，院里仙鹤、屋里丫头全都沉沉入睡，鸦雀无声。这些都衬托贾宝玉睡梦香甜。所以薛宝钗进屋以及和袭人说话，他都毫无所知。这才可能出现袭人外出，宝钗"便不留心，一蹲身，刚刚坐在袭人原来坐的地方"这样的情节场面。由此又引出了林黛玉从窗外窥见宝钗坐在宝玉床沿上做针线的事，并惹起林黛玉满腹妒意。也由于宝玉沉睡，宝钗才能有机会这样靠近他，这样才能够听清楚宝玉梦中的喊骂："……什么'金玉姻缘'？我偏说'木石姻缘'！"一下子惊呆了薛宝钗，了解宝玉的心事。

怡红院午休景象的描写主要突出一个"静"字。在这种情况下，才发生了上述的一系列事情。所以这里的景物描写与情节开展是浑然一体的，不可分割的，层层递进，风波渐起。

薛宝钗扑蝶是《红楼梦》中一幅很优美的画面，多为其他艺术形式创作题材。发人深思的是作者安排这对蝴蝶"飞来"的是如此巧合，于是这个扑蝶的场面也就有结构上的特殊意义。

作者写道：

　　……一双玉色蝴蝶，大如团扇，一上一下，迎风翩

宝钗扑蝶（改绮《红楼梦临本》）

跹,十分有趣。宝钗意欲扑来玩耍,遂向袖中取出扇子来,向草地上来扑,只见那一双蝴蝶,忽起忽落,来来往往,将欲过河去了。引得宝钗蹑手蹑脚地,一直跟到池边滴翠亭上,香汗淋漓,娇喘细细……

这对大蝴蝶是在什么情况下出现的呢?当时薛宝钗正要去找林黛玉,忽然看到贾宝玉进了潇湘馆。于是生出一大串疑虑来:怕宝玉"不便",怕黛玉"猜忌",自己的多心,正说明了她内心的妒意。就是在她"抽身回来"的路上,撞见了这一对上下起舞,来往追逐求爱的蝴蝶。

在薛宝钗眼中,这对"情侣"简直就是贾、林的化身,是在故意嘲弄自己。接着就扑赶起这对玉色蝴蝶来。追到滴翠亭上,又偷听到了小红和坠儿两个丫鬟的窃窃私语,而且谈的又是男女私情(此时此地薛宝钗对这件事是非常敏感的)。

听了别人的私房话,害怕遭到报复,但又无可回避,于是就嫁祸于林黛玉,编造了自己追赶林黛玉,看见林姑娘在滴翠亭下已经蹲了半日的谎言,暗示丫鬟:她们的私心话已为林黛玉听去。让她们痛恨林黛玉。

作者对这双玉色蝴蝶的翩翩起舞的描写是大有深意的。蝴蝶触动了薛宝钗掩藏在内心深处的繁杂感情,进而追赶蝴蝶。又是蝴蝶作为引路使者,鬼使神差地把她引诱到滴翠亭上,使她听到了别人的男女私情。于是又出现了薛宝钗暗箭中伤林黛玉的随机应变。所以这双蝴蝶既有贾、林爱情的象征意义,在结构上又是故事情节发展不可缺少的环扣。

　　《红楼梦》中一些景物描写与情节发展是结合得非常自然的。曹雪芹的艺术笔墨，使我们似乎成了《桃花源记》里的"渔人"。开始作者为我们安排了沿溪行"忽逢桃花林，夹岸数百步，中无杂树，芳草鲜美，落英缤纷"这样一种自然景色。我们为这美丽的景物所震慑，"欲穷其林"。正在桃林已尽，小溪消失的时候，出人意料地突然在我们眼前又"豁然开朗"，展现出另一番人间的境界。

第二辑　《红楼梦》欣赏琐拾

玲珑山石有深意

在大观园试才题对额时，贾政带着宝玉和众清客来到一处，这里给人的第一个印象，正如贾政说的："无味的很"。这地方就是后来薛宝钗居住的蘅芜院。众人刚一进门：

> 忽迎面突出插天的大玲珑山石来，四面围绕各式石块，竟把里面所有房屋悉皆遮住。

作者把这块"山石"安排在蘅芜院门内，恰到好处。山石一遮，使人无法一下子领略庐山的真面目。蘅芜院内一切隐而不露，突出了一个"藏"的意境。

如果我们结合这里的女主人薛宝钗的性格加以分析，就能进一步理解这一遮一藏的深刻含意。薛宝钗平时"罕言寡语，人谓装愚，安分随时，自云守拙"，她不干己事不开口，一问摇头三不知。

元春从宫中送出几个灯谜来，宝钗一看并不新奇，早猜着了。可是这是皇妃的谜语，如果一猜就中，那就显得妃子太平庸了。所以她故意连说"难猜"，她在"装愚"。

贾母问爱听何戏，爱吃何物，宝钗深知年老的人喜欢热闹戏文，爱吃甜烂食物，便依贾母素喜者说了一遍。她投人所好，假装与人同好。黛玉讥讽她在别人佩戴的东西上特别留心，薛宝钗听后，"回头装没听见"。"罕言寡语，人谓装愚，安分随时，自云守拙"就是她为人处世的"插天的玲珑大山石"，把她自己真正的思想感情"悉皆遮住"。蘅芜院的建筑格式与薛宝钗的为人有着象征意义。

绕过蘅芜院门前的山石，我们才能看到院内的景色。这时贾政又不禁赞道："有趣！"院内无一树花木，只有许多异草。这和薛姨妈向王夫人介绍薛宝钗时说的"他从来不爱这些花儿、粉儿的"是一致的。但是这满院的草却大有意趣。

首先，这"异草""有牵藤的，或有引蔓的，或垂山岭，或穿石脚，甚至垂檐绕柱，萦砌盘阶，或如翠带飘飘，或如金绳蟠屈"，大多是盘绕寄生的藤蔓类植物，它不能独立生长，只能借助其他乔木山石攀缘而上。这些不禁使人发生一系列的联想：薛家依附贾家势力，巩固自己的社会地位；薛宝钗要与宝玉联婚，"好风凭借力，送我上青云"，与这些牵藤引蔓的植物的寄生攀缘性多么相像。

其次，这里的"异草""或花如金桂，味气香馥，非凡花之可比"。院内花卉如薛荔、杜若、蘅芜、苣兰等都是香草，处处香气馥郁，这和薛宝钗这位容貌美丽整日吃冷香丸的美人也是恰相符称的。连贾宝玉这个从小就喜欢脂粉钗环的人从她身闻到"一阵阵的香气"都"不知何味"。

再次，院里的异草""或实若丹砂"，"都结了实，似珊瑚豆子一般，累垂可爱"。说明这里虽是异草仙藤，但终于不能离俗脱尘，都结出了火红的果子，而且还不止一个，却是串串累累。这正是薛宝钗积极用世思想的侧面表现。她不慕虚幻，而重实惠。后来这位贾府女主人确实也给贾家结下一颗果子。

薛宝钗是一个"任是无情也动人"的冷香美人。性格无情，容貌动人，既冷又香，外表装愚，内含机心，这种矛盾的统一，世人对她琢磨不透。蘅芜院也像她的主人一样，门前山石遮掩，不能让人一览无余。蘅芜院山石花草与人物性格配合谐调，互相映衬，相得益彰。

潇湘风雨最多情

《红楼梦》中有两次风雨写得最出色：一是贾宝玉看龄官画"蔷"字时的一阵夏雨，一是潇湘馆薄暮时的一场秋雨。在中国诗词戏曲中风雨的描写总是作者抒发感情、映衬心境的重要手段之一。风雨本无情，有情人写之，感情色彩就大不相同，且什么风雨配合什么心情似乎有了定格。大风大雨往往壮人情怀，悲壮激越。所以刘邦有"大风起兮云飞扬，威加海内兮归故乡"的千古佳句；陆游有"夜阑卧听风吹雨，铁马冰河入梦来"的豪情抒发；而"风萧萧兮易水寒，壮士一去兮不复还"则为荆轲大壮行色。相反连绵的春雨秋霖，往往添人愁绪。所以贺方回把"闲愁"之多比作"梅子黄时雨"；白朴的杂剧《梧桐雨》中，唐明皇思念杨贵妃时那场秋雨更是撩人情思："这雨一阵阵打梧桐叶凋，一点点滴人心醉了，雨更多，泪更少，雨湿寒梢，泪染龙袍，不肯相饶，共隔着一树梧桐直滴到晓。"洪升在《长生殿》里也是用秋雨映衬明皇凄苦哀怨的心情的："淅淅零零一片凄愁心暗惊……一点一滴又一声，一点一滴又一声，和愁人血泪交相迸。"冷雨敲窗，雨打梧桐，雨洒芭蕉、枯荷，雨滴竹梢，在黄昏深夜，万籁俱寂的时候，一声声，滴滴答答，最为分明，如泣如

龄官（改绮《红楼梦图咏》）

诉，使伤感悲苦的人最容易牵动愁绪。曹雪芹深谙情景交融的奥妙，所以潇湘馆景物的描写一如其多情多病多虑的女主人。

这里是干竿翠竹，苔痕斑驳，曲折的游廊，羊肠似的通道，绕阶围房九曲回肠般盘旋竹下的尺许宽的小渠，小小的房舍，小巧玲珑的家具陈设，绿色的纱窗，暗淡的光线。一景一物无不那样纤弱幽暗，都染上了林黛玉孤高自赏，凄楚哀怨的色彩和情调。

在这色彩之上，作者在四十五回又添了浓重的一笔，凄苦惨淡的色调更加强烈。当时正交秋分，黛玉旧疾又发，随贾母玩了两天，劳神过度，又咳嗽起来，比往常都重，自己认为是不能好了，心情非常颓丧，和宝钗话起家常，又感叹自身孤弱无依。寄人篱下，羡慕宝钗能享天伦之乐，有家有业。在这里为了配合这种心情，作者有意在潇湘馆安排了这场秋风秋雨：

> 不想日未落时，天就变了，渐渐沥沥下起雨来。秋霖脉脉，阴晴不定，那天渐渐的黄昏时候了，且阴得沉黑，兼着雨滴竹梢，更觉凄凉。

感慨万端，愁绪连绵之时又读了《乐府杂稿》的《秋闺怨》《别离怨》等伤感诗篇，遂有《秋窗风雨夕》之作："……残漏声催秋雨急；连宵脉脉复飕飕，灯前似伴离人泣。寒烟小院转萧条，疏竹虚窗时滴沥；不知风雨几时休，已教泪洒窗纱湿。"字字血泪，声声动情，达情景交融之极致。

当晚睡下又羡宝钗有母有兄，又想和宝玉虽好，终避嫌疑，不免担心。

又听见窗外竹梢雨滴之上，雨声渐沥。清寒透幕，不觉又滴下泪来。直到四更方渐渐地睡熟了。

窗外天公流泪，屋内愁人暗泣，雨泪交织，情景浑一，风雨助人凄凉，人感风雨触动闲愁万种。感伤气氛异常浓烈，人物性格更加深化。

第五十九回里蘅芜院也下过一场雨，但不是秋雨，而是"润物细无声"的春雨：

一日清晓，宝钗及启户视之，见院中土润苔青：原来五更时落了几点微雨。于是唤起湘云等人来。

春雨过后的景象是"土润苔青"，并马上唤起湘云等人，宝钗欣喜心情见于笔端。

秋雨、春雨普降大观园，而独于黛玉处写秋雨，于宝钗处写春雨，作者的用心是非常清楚的。

稻香景色藏幽怨

李纨是封建礼教的牺牲品，一个二十几岁的寡妇，在《红楼梦》中给人的印象似乎已过中年，正如冷子兴说的"竟如槁木死灰一般"，自己也自称"稻香老农"。她像封建社会其他死了丈夫的贵族少妇一样，被摒于繁华的尘世之外，只能隐居一隅，孤独地打发着青春年华。所以李纨只配住在稻香村。

未到稻香村之前，首先看到的是"青山斜阻"，这青山与蘅芜院的山石不同，它的寓意在于隔阻开稻香村与大观园其他花柳繁华地的联系，隔阻开李纨作为一个青年女子应该享受的爱情生活的幸福。转过青山之后。

> 隐隐露出一带黄泥墙，墙上皆用稻茎掩护。有几百枝杏花，如喷火蒸霞一般。里面数楹茅屋。外面都是桑、榆、槿、柘、各色树稚新条，随其曲折，编就两溜青篱。

一座青山、一带泥墙、两溜青篱团团围住"数楹茅屋"，这固然是为了突出稻香村的农村景色，但也不免给人一种暗示：它像是人间社会的一道道樊篱,幽囚着李纨,葬送着美妙年华。连这里的树木幼嫩的枝条都不能按自然天性舒展地生长,被硬编成篱笆,犹如李纨那被扭曲了的人性。

对于这种人造景色,贾政非常赞赏,他的封建思想决定了他的审美观。认为"虽系人力穿凿,却入目动心"。贾宝玉与之针锋相对,他说:

> 此处置一田庄,分明是人力造作成的;远无邻村,近不负廓,背山无脉,临水无源,高无隐寺之塔,下无通市之桥,峭然孤出,似非大观,那及前数处有自然之理,自然之趣呢?虽然种竹引泉,亦不伤穿凿。古人云"天然图画"四字,正恐非其地,而强为其地,非其山而强为其山,即百般精巧,终不相宜。

这对青年寡居的李纨当时的生活处境是有象征意义的。稻香村的景色是背人性、悖世理、孤傍无依,违背自然天成之趣的。李纨不也是在背人情、悖世理的封建礼教导演下"人力造作"成的"强为"的畸形儿吗?

在大观园只有稻香村的篱笆用了桑、榆等树木。这是突出稻香村农村景色的需要。另一方面,桑、榆在中国又可比作晚暮之景,引申为人的垂暮之年,故刘禹锡《酬乐天咏老见示》中有"莫道桑榆晚,为霞尚满天"的诗句。李纨自贾珠死后,就要有意识地使自己心如死灰,尽快"老化"。在封建社会寡妇无论多么

李纨(费氏绘十二金钗图册)

李纨(周权《红楼十二钗图》)

年轻,打扮得越老越朴素越好,表示自己已经死灭了对家庭、爱情幸福生活的渴望。李纨虽然是一个二十几岁的少妇,可是礼教强迫她的心境必须进入暮年。她只有在茅屋纸窗下做些针黹女红,课子成人,以慰桑榆晚景。

但是李纨终究是一个年轻女子,她的精神生活并未完全干瘪。她喜欢栊翠庵的红梅,要宝玉替他折一枝来插瓶。探春起海棠诗社,李纨不会作诗,却自荐做了掌坛社长,并把稻香村作为社址。还说:"前儿春天,我原有这个意思的,我想了一想,我又不会作诗,瞎闹什么,因而忘了,就没有说。"可见李纨是热爱生活,不甘寂寞,希望参与生活的。

这里不禁使人想到了那几百枝如"喷火蒸霞一般"的杏花。"喷火蒸霞"把春意写得异常热闹,与泥墙、茅屋、青篱、土井、桔槔的色调大不相同。当然,杏花有"牧童遥指杏花村",寓田园风光之意。可是在泥墙之内探头而出的杏花,很容易使人联想到"满园春色关不住,一枝红杏出墙来"的诗句,那么这如火蒸霞的杏花,是否可以说对李纨青春守寡,又不甘孤寂的心情有着映照意义呢?

玫瑰花美刺偏多

贾探春是贾府庶出的小姐,兴儿对她的评论算是一语言中的:"三姑娘混名叫'玫瑰花儿',又红又香,无人不爱,只是有刺扎手,——可惜不是太太养的,'老鸹窝里出凤凰'!""老鸹窝"出身是探春的大忌,讳莫如深的伤疤。所以她要浑身带刺,这朵"玫瑰花儿"的"刺"正是她防身自卫的武器,自尊自重的法宝,这"刺"是她庶出身份的必然产物。

她名分观念很重,神经过敏,生怕人家瞧不起,处处摆小姐架子,耍主子威风,搜检大观园时,她给了王善保家的一个耳光,就因为王善保家的触犯了她的尊严,她不承认赵姨娘的兄弟是她的舅舅,只认王夫人的哥哥是她的舅父;她对同是庶出的亲弟弟贾环无手足之情,眼里只认同父异母的贾宝玉是哥哥。所以她的生母赵姨娘骂她,连凤辣子王熙凤都怯她几分。

贾探春时时处处不忘维持自己身份的尊贵,在房舍的陈设上也表现出来。现在我们可以参观一下她的秋爽斋:

> 探春素喜阔朗,这三间房子并不曾隔断,当地放着一张花梨大理石大案,案上堆着各种名人法帖,并数十

探春(吴友如《红楼梦十二金钗》)

探春(周权《红楼十二钗图》)

方宝砚，各色笔筒；笔海内插的笔如树林一般；那一边设着斗大的一个汝窑花囊，插着满满的一囊水晶球的白菊。西墙上当中挂着一大幅米襄阳《烟雨图》。左右挂着一副对联，乃是颜鲁公墨迹。其联云：烟霞闲骨格，泉石野生涯。

案上设着大鼎，左边紫檀架上放着一个大官窑的大盘，盘内盛着数十个娇黄玲珑大佛手；右边洋漆架上悬着一个白玉比目磬，旁边挂着小槌。

房间里是大鼎、大盘、大案子、大花囊、大佛手、大幅画、水晶球菊花、白玉磬、名人字画、成堆的法帖、树林般的毛笔、数十个大佛手、满满的一囊水晶球菊花。一切都是那样富丽贵重，硕大坚实，数量众多。比其他姐妹们显得都更有气派。整个房间布置脂粉气淡，须眉气浓，这体现了她开朗大度，端庄干练的性格作风。同时也是出于显示主子身份，巩固小姐地位的需要。

如果像薛宝钗房间那样"雪洞一般，一色玩器全无"，在她看来无疑是自轻自贱，降低了身份，就会露出庶出的寒酸，为人卑视，贾府一个个乌鸡眼似的就会算计她。

她深知自己处境的不利。"庶出"的阴影时时在笼罩着她，心中虚怯，像阿Q有癞疮疤，因之忌讳一切"光"一样，整日神经紧张，非常注意人们对她的态度。

第五十五回和她母亲发生了口角，她说过："谁不知道我是姨娘养的，必要过两三个月寻出由头来，彻底来翻腾一阵，怕人不知道，故意表白表白！"她就害怕别人翻腾她的老底，所以秋爽斋非常讲究的陈设如同她这朵"玫瑰花儿"的"刺"一样，都是保卫自己的甲胄，一种抬高身份的手段，也是她色厉内荏的一种自然地合乎情理的表现。

寥寥数语见憨态

憨湘云醉卧芍药捆,创造了一个诗的意境,是一幅美丽的画图,是脍炙人口的好篇章。但是作者却惜墨如金,仅仅用了寥寥数语:

> 四面芍药花落了一身,满头满脸衣襟上皆是红香散乱,手中的扇子掉在地下,也半被落花埋了,一群蜜蜂闹嚷嚷地围着,又用鲛帕包了一包芍药瓣枕着。

"红香散乱"四字简练精当,"红"写出了花色,"香"写出了花味,"散乱"写出了花态。于是一个飞花如雪,缤纷狼藉的景象立即呈现在人们的眼前,可是只用了四个字。

满头满脸和衣襟上都是落花,一群蜜蜂闹嚷嚷飞舞,落花缀面无知觉,蜂蝶成阵耳不闻,且喃喃梦呓:"泉香酒洌……醉扶归……宣会亲友。"足见湘云睡梦酣沉,娇娜身体不胜酒力,躺下后从没转动过身体。不然的话,头上、脸上、衣襟上是不会有落花的,蜂蝶也不敢来打扰她。手中滑落的扇子已经被落花半埋,由此又可以推想湘云在这里已经睡了好长时间。

湘云眠芍（大观园局部图）

醉卧在落英中的史湘云就是一朵美丽的花，连蜜蜂也分不清哪是落花，哪是人面了，所以闹嚷嚷地围着飞舞，这是一个人面芍药相映红的多么美好的境界。

以蜜蜂闹嚷嚷的动态更衬托出了史湘云酣梦香甜的静态美。曹雪芹抓住了落花、扇子、蜜蜂、鲛帕及其史湘云的典型情状，三言两语，勾勒出了春末花事了，残红堆积的景象和史湘云醉卧沉沉娇憨可掬的梦中情态。

史湘云(程伟元刊本《红楼梦》插图)

红梅何事多风情

在花柳繁华地、温柔富贵乡的大观园里却有一块佛地净界，这就是栊翠庵，庵里住着一位带发修行的尼姑妙玉。

有一天大观园里落了一场大雪。宝玉一早起来。出了院门一看，白茫茫一片，远远的是青松翠竹，自己好像在玻璃盆内一样。

于是走至山坡之下，刚转过去，已闻得一股寒香扑鼻，回头一看，却是妙玉那边栊翠庵中有数十枝红梅，如胭脂一般，映着雪色，分外显得精神，好不有趣。

一夜大雪，银色世界，数十枝红梅，点缀其间，确是一幅绝妙的雪中寒梅图。作者为什么要这株红梅生长在四大皆空、离尘绝俗的妙玉修行的尼庵呢？要在大雪中斗寒竞放呢？火红惹人呢？佛界空门，自当清心寡欲，形同槁木，心如枯井，花花草草不关情，春风秋月无情思。然栊翠庵却是"花木繁盛"，修剪得整整齐齐，"比别处越发好看"，大雪中红梅又在这里一花独秀，引人注目，似与佛门操守戒律有悖。那么，应当怎样理解这雪里红梅呢？

妙玉不是一般的化缘寄生的僧尼,她是书香官宦出身。因自幼多病,父母担心她不能成人,才让她舍身佛寺带发修行的。她文墨极通,经典极熟,模样极好,会诗懂琴,以"槛外人"自居。刘姥姥用过的杯子她要扔掉,刘姥姥来过,她要打水洗地,连送水的都不让入内。她因"不合时宜,为权势所不容",由家乡苏州来到贾府。开始,她不进贾府,认为"侯门公府,必以贵势压人,我再不去的"。她出身高贵,才貌过人,加之十多年修行,"天生成孤僻人皆罕""视绮罗俗厌",孤傲自许,清高绝俗,不媚俗诣世。那雪中梅花,顶风冒雪,不畏严寒? 数枝弄红。天愈寒花愈盛,雪愈大,花愈娇。雪映胭脂,分外精神。雪中寒梅花枝俏,不恰似妙玉品性的写照吗? 难怪曹雪芹让这株梅花栊翠庵里种,大雪天里开了。

大观园的姑娘们都有婚嫁的权利,小姐嫁公子,丫头配小子? 男女都有结合日,而独妙玉是个例外。青灯古殿伴一生,家庭人伦已绝缘,然而她真的心如死灰自甘寂寞吗? 看那数枝红梅,不禁使人想起了"满园春色关不住,一枝红杏出墙来"诗的意境。纵然风雪肆虐,也挡不住红梅对春的渴望,她在展示着自己的娇艳和火红的生命力。

妙玉本来就不是自愿遁入空门的(与惜春不同)。她"气质美如兰",是美人;她"才华馥比仙",写诗论诗,让黛玉湘云佩服;听琴辨音,令宝玉愕然。她虽自称"槛外人",但与黛玉湘云讨论起诗歌来,又不自觉地称起咱们"闺阁"来,她并没忘情世俗。这样一位才华横溢,很富艺术情感的苏州妙龄女郎,内心青

妙玉(改绮《红楼梦图咏》)

妙玉（费氏绘十二金钗图册）

春的呼唤是难以压制的。在多情公子贾宝玉面前掩饰不住她对异性的热烈情感。刘姥姥用的杯子她弃而不用，却主动用自己的杯子招待宝玉，并跟宝玉打牙撩嘴儿，调侃无忌，显得异常兴奋。女人们过生日从没送过帖子，唯独宝玉生日，她送帖子祝贺。

宝玉和妙玉在惜春的蓼风轩再次邂逅，当时妙玉惜春手谈正浓。宝玉去了，妙玉比上次更加不能驾驭自己的感情。与宝玉对答之间，"忽然把脸一红"，"微微把眼一抬，看了宝玉一眼，复又低下头去，那脸上的颜色渐渐红晕起来"。"心上一动，脸上一热，必然也是红的，倒觉不好意思起来"。自知失态，不敢再待下去，于是起身告辞。

她在大观园住了多年，路径应该是熟悉的，更何况刚刚从栊翠庵到了惜春这里，这么一个精明人，但是却说出了叫人难以理解的话："久已不来，这里弯弯曲曲的，回去的路头都要迷了。"这是内心激动而语无伦次吗，还是禅语双关：久未情惹意牵，今日相会唤起复杂的感情而迷途难返？更合理的解释是意在让宝玉陪她一块回庵。宝玉善解人意，尤其是女孩子的情意，立即说："这倒要我来指引指引，何如？"妙玉自然同意，于是一对青年男女一路同行，妙玉能不动情！

果然！晚上妙玉无论如何也不能"断除妄想，趋向真如"而入定了。再加上屋顶上一对猫一递一声的唱着春歌，又想起了日间宝玉的话，不觉一阵心跳耳热，心旌动摇，无法收摄。长久压抑的怀春情愫一下子爆发出来，走火入魔，被扭曲变形的灵魂要反弹松弛，恢复世俗的自我。久已被压抑的爱情，一旦被重新唤醒，表现就异常强烈。所以妙玉迷迷糊糊中仿佛看到许多王孙公子要娶她，又有媒婆拉拉拽拽，扶她上车，甚至表现为变态心理的自我虐待：看到持刀执棍的盗贼的勒逼。

"欲洁何曾洁，欲空何曾空"，她在佛性与人性中间苦苦挣扎，在宝玉的"指引"下，终于放射出人性的光辉，像冰雪中的红梅一样，绽开了感情的花朵，大胆地散发出扑鼻的寒香，分外显得精神。

雪里红梅太惹人眼了，这首先引起了男人的注意，多情种先闻到了它扑鼻的寒香，看到了它胭脂般艳丽。又是宝玉去折了几枝，也只有宝玉才能攀折。正如只有宝玉才能搅动妙玉内心的平静，牵动一天情丝一样。当然，红梅是动人的，但也带来了灾难，妙玉这位漂亮的女尼，也勾起了歹人的邪念。贼人见她一面而不能忘怀，终于将她劫走，红梅最后折断零落了。"可怜金玉质，终陷泥淖中"，冶容诲淫，皎皎者易污，像有齿以焚其身，胭脂样的红梅，讨人喜欢，也易为攀折。红梅妙喻（妙玉），意味深长。

红消香断有谁怜

黛玉之死,是高鹗续写的《红楼梦》四十回中最精彩的章节。黛玉死后的一段文字,情景交融,耐人寻味,读来凄然伤神。

> 当时黛玉气绝,正是宝玉娶宝钗的这个时辰,紫鹃等大哭起来,李纨、探春想起他素日的可疼,今日更加可怜,便也伤心痛哭。因潇湘馆离新房子甚远,所以那边并没听见。一时大家痛哭了一阵,只听得远远一阵音乐之声,侧耳一听,却又没有了,探春、李纨走出院外再听时,唯有竹梢风动,月影移墙,好不凄凉冷淡。

那边是音乐声中的婚礼,这边是痛哭声中的葬礼。黛玉死时只有一个亲近的紫鹃守在身边。众多的人都在操办参加宝玉和宝钗的婚礼,谁还顾得上林姑娘的死活呢?

从老太太开始,态度早就变了。贾母自从知道了宝、黛关系之后,说过如果黛玉"心里有别的想头,成了什么人了呢!我可是白疼了他了!"她发现了林黛玉的"心病",就狠狠地说:"林丫头若不是这个病呢,我凭着花多少钱都使得;就是这个病,不

黛玉（改绮《红楼梦图咏》）

但治不好，我也没心肠了！"果真如此，黛玉病重时，紫娟一天三四趟去告诉贾母，鸳鸯发现"贾母近日比前疼黛玉的心差了些"，所以鸳鸯也不愿给她回报了。"况贾母这几日的心都在宝钗、宝玉身上，不见黛玉的信儿，也不大提起，只请太医调治罢了。"

谁能犯了封建的妇德闺训，贾母是不手软的，即令是她最疼爱可怜的外孙女也不例外。贵族的脸面第一，林黛玉的生死算不上什么，何况亲孙子的婚礼正在进行，她是不会想到潇湘馆里垂危的外孙女的。

贾宝玉还在疯癫，结婚仪式正在吹打中进行，王夫人当然更关心自己亲骨肉的终身大事，王熙凤正在指挥"调包计"的实施，卖弄自己的聪明，薛姨妈平时对林黛玉亲亲热热，而今女儿正出闺成大礼，况且又知道宝、钗、黛三者的关系，她不会来潇湘馆，也不便来，终究远了一层。人情冷暖都愿锦上添花，谁愿雪里送炭。无怪乎，贾府这么多人，而最后却死在丫鬟紫鹃一人面前。

纵然紫鹃等呼天抢地，但潇湘馆现在"离新房子甚远"，那边一无所知。任生者如何号啕，即令夜深人静之时，也惊不破那边婚礼的喜庆。黛玉之死引起的震动也不过只限于潇湘馆一隅之地。人间的悲欢离合原来是不相通的。死，那边不知道；哭，那边听不到。更衬托出林黛玉死时的悲凉孤独。

这边的哭声传不过去，那边的音乐之声却传来了，"只听得远远一阵音乐之声"。这时正是那边"大轿从大门进来，家里细乐迎出去"婚礼进行的时候。远远传来的正是这"细乐"。从"竹梢风动"可知当时有微风吹拂，因之音乐声随，风时断时续，所以有时"侧耳一听又没有了"。作者写得细致真实，死亡的悲痛伴以婚礼的细乐，极大的不和谐加深了悲剧效果。

"竹梢风动，月影移墙"，渲染了凄清气氛和人的心理状态。李纨、探春为了捕捉阵阵飘来的音乐声，走出院来，自然要凝神屏气，这时远处乐声听不到了，安静下来，"竹梢风动"的声音自然就特别突出了。风过处，竹林飒飒，似是林黛玉阴魂徘徊不去。竹叶萧萧，如泣如诉，更添悲凉。以声衬静夜更静，大哭之后，一片死寂。

探春、李纨守着死去的林黛玉，等候着天亮报与贾母，更觉长夜漫漫。为判定黛玉死于几时几刻，看天候何时天明，于是举头望月，但见月影迟迟移墙，心如油煎，度日如年。月光洒地，大地如霜，阴影参差，一片凄楚气氛。

风月依旧，竹墙宛然，物是人非，"一朝春尽红颜老，花落人亡两不知"，回想当时黛玉初进贾府时，人人疼爱，黛玉命苦，个个流泪，何等热情！曾几何时芳魂归去，无人哭奠，何等无情！"竹梢风动，月影移墙"的悲惨之夜，红消香断有谁怜。

不写笛声写笛韵

笛声在中国古典诗词中，往往代表一种凄楚的情怀，时间多半是在叶落草黄的秋天，于是塞上闻笛一类的题目，古代诗人墨客竞相撰写。《红楼梦》第七十六回写到了吹笛和闻笛，这是贾母发起的，贾母是有些艺术修养的。赏月她认为"在山上最好"，已见其识见不凡，继至见月至中天，比先越发精彩可爱，她就提出"如此好月，不可不闻笛"。而且说："音乐多了，反失雅致，只用吹笛的远远吹起来，就够了。"这种见解有一定道理。在皓月当空，一碧如洗的秋夜，如果演奏的是急管繁弦，就和这凄清肃杀的秋夜不太谐调。第七十六回是这样写吹笛闻笛的：

> 正说着闲话，猛不防那壁里桂花树下，呜咽悠扬，吹出笛声来。趁着这明月清风，天空地静，真令人烦心顿释，万虑齐除，肃然危坐，默然相赏。

在这里，没有用大量篇幅写笛的演奏。没有像唐诗《琵琶行》那样用各种比喻描写琵琶声，也没有像《老残游记》白妞说书那样描写她歌喉的美妙，更不像前人常作的《笛赋》那样洋洋千言,极尽夸张之能事,堆砌虚比浮词。而只用了"呜咽悠扬"四字。主要笔墨却用来写吹笛的时间、空间环境和闻笛者的内心感受。

"明月清风"之夜,人在山之高处,环遭无遮,更显得"天空地静"。而笛音又是从桂花树下传来,这样就创造了一个秋夜闻笛的美好境界。这笛声仿佛让清风吹去了尘埃,让如水的月光净化了杂音,从桂花树下徐徐传来似乎带着桂花的芬芳。这样的笛声,能不令人烦心顿释,万虑齐除,肃然危坐,默然相赏吗?

在第四十一回里贾母等又在缀锦阁吃酒听音乐,这又是贾母的主意。她让演习吹打的女孩子在藕香榭上演奏,"借着水音更好听"。"只听得箫管悠扬,笙笛并发,正值风清气爽之时,那乐声穿林渡水而来,自然使人心旷神怡……"结果使贾宝玉、王夫人都增加了酒量,这里箫管笙笛之音并未详写,同样重点在写环境与音乐的效果。秋天风清气爽,又是傍水而奏,乐声穿林渡水而来,像是经过了树木的筛扬,湖水的过滤,可以想见这乐声的凄清激越。

"烦心顿释,万虑齐除,肃然危坐,默然相赏""心旷神怡"。人们的灵魂被音乐净化了。写吹笛而不正面描绘笛音:却从环境气氛闻笛者的感受衬托笛音,可以说这是写的笛韵、笛魂、笛精神。

字斟句酌写炎夏

曹雪芹确实是一位写景传神的高手。往往着墨不多,就能把景色描绘得有声有色,异常浓烈,使人感受到大自然的气息。

写春末落花:"凤仙石榴等许多落花,锦重重落了一地。""锦"字点出花如绸缎般明丽鲜艳,"重重"写出了落花堆积的形态如毯如捆。"锦重重"传达出了落花的色彩与质感。

第三十回写炎夏正午景象作者仅用了十六个字:

赤日当天,浓荫匝地,满耳蝉声,静无人语。

前八个字写出了天气的炎热和夏天正午的色彩。后八个字写出了夏日中午的声音。前两句形成了强烈的对比,赤日当空,万里无云,烈日炎炎,自然树荫会显得更加浓密厚重(薄云天气树荫就会显得很淡)。"赤日""浓荫",一明一暗,一热一凉,没有前者的强光和酷热,就不会有后者的浓荫清凉。"浓荫"反衬"赤日",使人能更加体验到烈日当午的炎炎。"满耳蝉声,静无人语"也是一种对照,人们都在午休,自然"静无人语",因之蝉声也就更加惹人注意,更加刺耳。一闹一静,以"鸟鸣山更幽"

的手法，用"满耳蝉声"来突出夏日正午的安静和燥热。作者用最具有代表性的景象：烈日浓荫，连绵蝉声，让读者真正感受到了夏日正午的光、色、声、热。

第三十六回作者又写了夏日午休的情景。薛宝钗到怡红院去找贾宝玉：

> 不想步入院中，鸦雀无闻。一并连两只仙鹤在芭蕉下都睡着了。宝钗便顺着游廊，来至房中，只见外间床上横三竖四，都是丫头们睡觉。

如果只用"鸦雀无闻"四个字形容怡红院的安静，似太概括。接着写两只仙鹤在芭蕉下熟睡。我们知道禽鸟容易受惊，稍有响动，就会惊醒。薛宝钗进来，仙鹤仍在沉睡，毫无察觉，可见怡红院的寂静。

令人困乏的天气，禽鸟都支持不住，昏昏睡去，丫头们更是疲倦，她们倒头便睡，无暇安置，见缝插针，随处而卧，于是很自然地形成了"横三竖四"的情景。

通过对仙鹤和丫头沉睡的描写，人们立即感受到了怡红院夏日中午日长人倦，鸦雀无声，一片死寂的气氛。

写杏花盛开，则"喷火蒸霞"；写珊瑚豆子，则"累垂可爱"；写冬雪，则"搓棉扯絮"；写秋雨，则"秋霖脉脉"；写竹影，则"参差"；写苍苔，则"斑驳"。无不能以洗练简洁的片言只字再现自然景物的神髓。《文心雕龙·夸饰篇》说"饰穷其要，则心声蜂起",抓住事物的特点,加以恰当的描写,就能引起人们的共鸣,曹雪芹是深谙其中奥妙的。

宝钗(改绮《红楼梦图咏》)

韵文写景有深意

中国古典小说在写景状物方面有自己的传统，它不同于西方小说，西方小说写景喜鸿篇巨制，工笔细描，毫发毕见。

中国古典小说描写景物一般都不太长。表现形式大概可分两种：一是用诗、词、骈文等作夸张式的描写；一是用散文形式作如实的描写。

前者以《西游记》为代表，烘托渲染色调浓重，铺张扬厉，如火如荼。但又往往用事引典过多，形成套语，流于概念化，而缺乏景物"个性"。徒见笔墨华丽，文章彪炳，而游离于情节、人物。藻饰过甚，反失其真。这种描写方法大概是受了赋的影响。

后一种描写方法，就是善于抓住景物在某一情景下的最典型的特征，用最精炼最准确的语言，画龙点睛地传达出景物的神韵，由此而唤起读者对类似景物经验的回忆，引起感情的共鸣。像中国的大写意山水画，用最经济的笔墨摄其要，撮其魂，传山川之精神，达草木之神采，给欣赏者打开想象的大门，留下再创造的广阔天地。这种描写景物的方法大概是受了田园诗、山水诗、边塞诗的启发。

《红楼梦》就是运用这种方法的代表。但是在第十八回写到元妃省亲时，却大量采用了夸张、对仗的韵文手法。这是在其他回目中罕见的。

作者用了这些对仗的辞藻来形容省亲大典："帐舞蟠龙，帘飞绣凤""金银焕彩，珠宝生辉""鼎焚百合之香，瓶插长春之蕊""香烟缭绕，花影缤纷""处处灯光相映，时时细乐喧""太平景象，富贵风流""上下争辉，水天焕彩""玻璃世界，珠宝乾坤""珠帘绣幕，桂楫三桡""琳宫绰约，桂殿巍峨""庭燎绕空，香屑布地""火树琪花，金窗玉槛""帘卷虾须，毯铺鱼獭""鼎飘麝脑之香，屏列雉尾之扇""金门玉户神仙府，桂殿兰宫妃子家""登楼步阁，涉水缘山""一处处铺陈华丽，一桩桩点缀新奇"。这种韵文式的景物描写有这么几个特点：一是概括，二是夸张，三是辞藻华丽，四是有套语气，无个性。

作者在这里突然改用韵文来写景是不无道理的。首先，在此之前的"大观园试才题对额"里将大观园的景色已经做了淋漓尽致的描绘。这里再看意点化就显得重复。而且有些景色还要留待后来结合人物性格来介绍。如第四十八回再写潇湘馆、秋爽斋、蘅芜院。此处则宜概括。

其次，这里用了很多富贵华丽的字眼，极尽夸张之能事，是与当时贾府正处于烈火烹油的顶峰时期分不开的。在"试才题对额"时大观园刚刚落成，连桌椅收幔还没来得及布置陈设，没人居住，虽是人工建筑，此时还不乏自然野趣，没有市厘的嚣杂。所以作者以清丽朴素的笔调描绘大观园景色。及至元妃省亲大观园经一番人工雕琢，布置得富丽堂皇，一派皇家气象之后，作者只有用夸张的方法，浓艳富贵的调藻来描写才能与妃子省亲的隆重盛大场面相称。

第三，作者写元妃省亲，着重写的是骨肉分离之苦和元春的宫怨。省亲过程始终充满着一种悲凉的气氛。在一家团聚的有限时间内，由于君臣、尊卑的森严界线，大家又都显得那样拘谨。对这次省亲的耗费，通过元春的口也表达了作者的厌恶和批评"太奢华过费了"，"以后不可太奢了，此皆过分"，"不可如此奢华靡费了"。在这种气氛环境下，作者是不可能以欢快轻松优美的描写再现大观园景色的，只能用其他古典小说经常用的俗语老套来聊以塞责。告诉读者：元妃省亲与其他皇家盛典毫无二致，无非是奢华、奢华、奢华而已。曹雪芹对贾府的侈奢靡费是厌恶多于留恋的，所以也就决定了他描绘大观园省亲时的笔调色彩。

贾府门前各有发现

《红楼梦》第三回中的林黛玉、第六回中的刘姥姥都是初进贾府。由于她们出身、地位、阅历的不同,在贾府门前所见也就有同异之分。

林黛玉到了贾府门前,从轿子的纱窗里首先看到了什么呢?

忽见此街蹲着两个大石狮子,三间兽头大门,门前列坐着十来个华冠丽服之人。

刘姥姥进荣国府之前,在大门口又看到了什么呢?

到了荣府大门前石狮子旁边,只见满门口的轿马……然后溜到角门前,只见几个挺胸叠肚,指手画脚的人坐在大门上,说东谈西。

林黛玉母亲生前曾对她说过:"外祖母家与别人家不同。"她近日见到的几个三等仆妇,"吃穿用度,已是不凡",何况今天亲临贾府,而且又是在母亲死后来过一种寄人篱下的生活,所以她

黛玉（费丹旭红楼画）

特别小心谨慎,给自己定下了座右铭:"都要步步留心,时时在意,不要多说一句话,不可多行一步路,恐被人耻笑了去。"无怪这位心情紧张、忐忑不安、多病孤弱的少女临到贾府大门时,看到的是两个"大石狮子"和三个"兽头"。而且是"忽见"。"忽见"反映了她心情的极度紧张。"狮子"和"兽头"像突然拉近的电影镜头一样,向林黛玉迎面扑来。未进贾府,却在她心理上已造成了一种巨大的压力。

对刘姥姥来说,这对石狮子并没引起她特别注意,也不过是作为贾府的标志存在的。她还到石狮子旁边,窥探了荣府。"大石狮子"的"大"不见了,失去了它的威严。这种石狮子在大户人家的门前、寺庙门前是经常出现的,对于识多见广的刘姥姥不会感到它的可怕和好奇。相反,她却注意到了"满门口的轿马"。刘姥姥生活在农村,农村富贵阔绰的标志之一就是轿马的多少,地主豪绅也往往以此骄人。刘姥姥对这些东西感兴趣是很自然的。对林黛玉来说又不然。她是官宦人家的小姐,出门都是以轿马代步,这些交通工具已经司空见惯,所以在贾府门前林小姐就没关注到这些。

林黛玉看到了"门前列坐着十来个华冠丽服的人",只觉得他们穿着华丽考究,并不感到他们威严可怕。林黛玉终究是小姐,来到贾家虽是客居,对贾家奴仆来说她仍是主子,所以对于比自己地位低下的守门奴仆自然不会有畏惧心理。

在刘姥姥眼中这帮人又是另外一种形象:他们"挺胸叠肚""指手画脚""说东道西",显得威风凛凛,令人望而生畏。这些人都是豪门大户的爪牙,直接危害百姓的鹰犬。下层劳动人民最痛恨最害怕他们。在刘姥姥看来这些人自然是趾高气扬,气使颐指的一副神态了。

林黛玉和刘姥姥在荣国府门前所见有同有异,同中有异,这些都反映了她们各自不同的心理状态。

人物眼中景,因人有详略

林黛玉初到荣府,到荣禧堂拜见贾政、王夫人,作者是这样写的:

进入堂屋,抬头迎面先见一个赤金九龙青地大匾,上边写着斗大三个字,是"荣禧堂";后有一行小字:"某年月日书赐荣国公贾源",又有"万几宸翰之宝"。大紫檀雕螭案上设着三尺多高青绿古铜鼎。悬着待漏随朝墨龙大画,一边是錾金彝,一边是玻璃盆,地下两溜十六张楠木圈椅,又有一副对联,乃是乌木联牌镶着錾金字迹,道是:"座上珠玑昭日月,堂前黼黻焕烟霞。"下面一行小字,是"世教弟勋袭东安郡王穆莳拜手书"。

林黛玉在荣府的所见所闻都是详细描写。通过她的眼睛介绍了贾家的房舍屋宇、花鸟树木、室内陈设、人物穿戴、交接礼仪等等。荣禧堂的描写即是一例。这种详尽的描绘,反映了林黛玉精明细心,过目不忘。她是小姐出身,读过书,对古玩字画如数家珍,对匾额对联兴趣浓厚。所以作者对林黛玉的所见用了详

黛玉（钱慧安红楼画）

写。这是符合人物的文化教养的。

刘姥姥第一次到荣府，先到了凤姐住处，她的感受作者是这样写的：

> 才入堂屋，只闻一阵香扑了脸来，竟不知是何气味，身子就像在云端里一般。满屋里的东西都是耀眼争光，使人头晕目眩；刘姥姥此时只有点头咂嘴念佛而已。

刘姥姥之所见，作者用了概括描写。屋子的陈设只用了四个字"耀眼争光"。对屋子里的东西也不能像林黛玉那样指出这是楠木的，那是乌木的。刘姥姥对贾母房间的调整也不过是"配上大箱、大柜、大桌子、大床，果然威武"。她着眼于大、实用，但是要让她说出这些家具是什么木料的，就难为她了。她说潇湘馆"满屋里东西都只好看，可不知叫什么"。既然叫不上名字，所以对荣府高贵华丽的各种用品陈设也，只有"耀眼争光"的感觉了。根据刘姥姥的文化修养、生活境遇，不可能指出各种器物的名字，所以作者在写到刘姥姥眼中的凤姐居室时，多用概括的叙述，用了不确定的词句，如"不知是何气味""像在云端里一般"。至于字画、古董和刘姥姥更是绝缘，作者不通过刘姥姥来写这些东西（即令写到，也都像那个挂钟一样变了形，走了样），否则，就不符合人物身份，损害了人物形象。

"放大"了的自鸣钟

艺术上的表现手法,有时可以以少胜多,以一当十。画龙点睛,才能神气全出,眼睛好点,贵在如何点法。《红楼梦》中刘姥姥第一次进入大观园看到的一个挂钟,就是渲染贾府豪华生活的画龙点睛之笔,而且点得好。书中是这样写的:

> 刘姥姥只听见咯当咯当的响声,很似打锣筛面的一般,不免东瞧西望的,忽见堂屋中柱子上挂着一个匣子,底下又坠着一个秤砣似的,却不住地乱晃,刘姥姥心中想着:"这是什么东西?有煞用处呢?"正发呆时,陡听得"当"的一声,又若金钟铜磬一般,倒吓得不住地展眼儿。接着一连又是八九下,欲待问时,只见小丫头们一齐乱跑,说:"奶奶下来了。"

贾府不少外国贡物,自鸣钟并不算太稀奇的东西。可是对刘姥姥来说,先前听都没听说过,不要说亲眼看见了。在她看来无人拨动而自动,无人敲打而自鸣,简直不可思议。通过刘姥姥眼睛的"折射",这座自鸣钟好像"放大"了,有了生命。又是晃动,又是鸣响,她像是进入了迷魂阵,四处都有活机关,周遭尽是危险的信号,似乎一不小心就会掉进陷阱。

刘姥姥醉卧怡红院同样如此。这里的一切都使她迷惘、惊奇,离她的生活太远了。按照她的生活知识,贾府的一切都走了样,变了形,失了常规。她把画中美人当作真人,把自己在穿衣镜中的影像认作了亲家母。正像《子夜》的吴老太爷到了上海滩一样,头昏目眩。

在反映贾府锦衣鼎食的生活上,以刘姥姥的眼睛来对自鸣钟放大式的描写,这是《红楼梦》成功的点睛之笔。如果避开刘姥姥,作者写堂屋中柱子上挂着一个自鸣钟。即使工笔细描,摹写得详而又详,也不会有现在的艺术效果。作者的高明之处是让刘姥姥来为"龙"点"睛"。通过这样一个生活在下层的农村妇女对自鸣钟的感受,自鸣钟给予她心理上的巨大影响,她在贾府里生活的不谐调、不适应、手足无措等等,把"吃穿用度都是外人没见过的""天上人间诸事备""比画还强十倍"的贾府骄奢淫逸的生活,生动、充分地表现出来了。

这样一座没有经过作者以客观描写做细致"加工"的自鸣钟,对渲染贾府富贵的作用胜过写一篇洋洋万言的钟赋。少量的笔墨,巧妙的表现方法,会收到巨大的艺术效果,艺术不徒以多胜。

不写鬼面写"鬼气"

曹雪芹很懂得人们的审美心理,有时朦胧的描写比正面清晰地描绘更能使人产生一种美感,雾中楼台,云里断山,更显得深邃神秘。所以《红楼梦》中曹雪芹写闹鬼,都不正面描写,更不写其青面獠牙,而着重渲染"鬼气"的森森逼人。

"鬼气"写得最成功的是第七十五回。当时贾珍正携妻妾中秋赏月,正当"风清月朗,银河微隐",夜深寒重,添衣喝茶之际。

> 忽听那边墙外有人长叹之声。大家明明听见,都毛发悚然。贾珍忙厉声叱问:"谁在那边?"连问几声,无人答应。尤氏道:"必是墙外边家里人,也未可知。"贾珍道:"胡说!这墙四面皆无下人的房子,况且那边又紧靠着祠堂,焉得有人?"
>
> 一语未了,只听得一阵风声,竟过墙去了,恍惚闻得祠堂内槅扇开阖之声,只觉得风气森森,比先前更觉凄惨起来。看那月色时,也淡淡的,不似先前明朗,众人都觉毛发倒竖。贾珍已吓醒了一半,只比别人拿得住些,心里也十分警畏……

这里的鬼魂没有像莎士比亚的《哈姆莱特》幽灵那样正面出现。在《哈姆莱特》中王子是有意守候幽灵出现的。在此之前已经有人看到他父王的幽灵，出于亲子之情，为了搞清父亲死亡的真相，能见到父王的幽灵对哈姆莱特来说是求之不得的。自己又是光明正大，行为端方，没有愧对父亲的事，不怕幽灵惩罚，所以他毫无恐惧心理。对于读者来说，由于同情王子处境，也希望他父亲幽灵的显现。因之，当幽灵真的出现在舞台上，银幕上时，人们的情绪也不会紧张。

人们说"看景不如听景"。这是因为"听景"可以充分发挥自己的想象去美化、补充景物，这种想象往往是超过了客观现实的。一旦真的看到了实在景物，反倒觉得也不过如此，会产生一种失望情绪。同样"看鬼"也不如"听鬼"可怕。小说中正面出现鬼魂，倒不如扑朔迷离，只闻鬼声，不见鬼面更为怕人。

《聊斋志异》的《捉鬼射狐》中写道："于月色中见几上茗瓯，倾倒旋转，不堕亦不休。公咄之，铿然而上。若有人拔香柱，炫摇空际，纵横作花绫。"这种描写恐怕比正面写青脸红发的厉鬼更令人毛发悚然。这样的鬼魂看不见，摸不着，无处躲避，无法防备，好像随时可以遭到攻击。有时模糊不清，捉摸不定的东西比清晰可辨的东西更可怕。

贾珍中秋赏月出现的鬼魂，声音是一声喟叹，影子是一阵清风，所到处槅扇自开自闭。又是在清风月朗之夜，月光下阴影幢幢，似乎每片阴影里都可能隐藏着鬼魂，较之一切不辨的黑夜更

-083

生疑窦。加之正是在歌吹欢笑、兴致正浓的时候，突然传来一声叹息，更显得恐怖凄凉。

过去人们认为一个方正刚直、存浩然正气的人，鬼邪是不敢近身的，甚至有镇邪的威力。而贾珍与哈姆莱特不同，恰恰又是一个道德沦丧、狗彘不如、有辱列祖列宗的不肖子孙。所以无端的长叹、一阵清风、自然使他毛发倒竖。这种不写鬼形，只写鬼气的表现方法，鬼气渲染的异常浓烈，读者心情也更加紧张，同时也是一种诗一般含蓄美的享受，这是曹雪芹非常高明的一著。

高鹗续写的"大观园月夜惊幽魂"也出现了鬼魂。在"目光初上，照耀如水"的秋夜，王熙凤到秋爽斋去找贾探春。高鹗在这里对大观园的月夜秋色做了成功的描写。月色树影枯枝落叶，秋风树鸣。宿鸟惊飞，秋色秋声，一片萧索。大观园荒凉破败，姑娘、丫鬟死的死、嫁的嫁，星流云散，人丁稀少，草木变色，与元妃归省的繁华恰成对照，肃杀的秋色说明着贾府的没落。这一段"秋色赋"写得非常出色，创造了闹鬼的恐怖气氛。但遗憾的是高鹗却在最后让秦可卿的鬼魂正面登场了。在艺术手段上终逊曹雪芹一筹。

贾珍中秋赏月，曹雪芹不让鬼魂正面出现，这样，人们也可以理解为贾珍疑神疑鬼，也可能真的像尤氏说的墙外有人，与风吹祠堂偶然巧合。总之，像是有鬼魂在活动，但书中主人公又没亲眼看见，鬼魂在似有似无之间，始终没坐实，给读者留下了一谜，一个耐人寻味的悬念。曹雪芹的目的不在于写鬼魂，正如他不会相信什么太虚幻境和林黛玉还泪一样，他也未必真的相信鬼魂的存在，而是包含着更深刻的寓意：贾珍这帮纨绔子弟的秽德败行，使贾府的祖先都不能安眠于九泉，不禁为贾府的败落而喟然长叹。

然而高鹗却不同，他把一个非常清晰的鬼魂拉了出来，她"形容俊俏，衣履风流"，竟然和凤姐一问一答地攀谈起来。这种实实在在的毫无怀疑余地的鬼魂形象的出现，一下子破坏了作品的真实感，减弱了前面创造的恐怖气氛，诗一般的朦胧美破碎了。我们可以大胆地设想，假若只有两个女子的声音与凤姐对话，闻声不见影，判断不出是谁的声音，恐怖气氛不更浓重吗？

当然，高鹗也有成功之处，在写"死缠绵潇湘闻鬼哭"时，是继承了曹雪芹这种朦胧的表现方法的。贾宝玉在林黛玉死后来到了潇湘馆，他听到有人在内啼哭，但未见人影，而且只有他一人听见，所以可以认为是他的幻听，正如袭人说的："是你疑心，素常你到这里，常听见林姑娘伤心，所以如今还是那样。"当然，婆子们也说过："听见人说，这里打林姑娘死后，常听见有哭声，所以走都不敢走的。"但终究是"听见人说"的。何况在此之前，"那些看园的没有了想头，个个要离此处，每每造言生事，便将花妖树怪编排起来，各要搬出"（第一〇二回）。"听见人说"保不准就是谣言。拴儿不是曾经把一只野公鸡谎说成一个妖怪吗？所以说潇湘馆到底有没有鬼哭，高鹗是留下了很多破绽的，这里，他也不是看重证实有无鬼哭这一件事。而是着重表现两点：首先，着重强调林黛玉那郁积不平的哀怨充塞天地之间，久久不散，死后仍用哭声倾诉那不尽的幽怨。其次，是要表现贾宝玉对林黛玉爱情的执着和内疚。正像他说的:"林妹妹,林妹妹,好好儿的,是我害了你了!你别怨我,只是父母做主,并不是我负心!"

鬼魂隐形令人可畏,鬼魂现形反倒乏味。一切都说尽写绝,味同嚼蜡,留下悬念让读者琢磨,余味无穷。作者要尊重读者的欣赏心理,曹雪芹深明此道,高鹗有得有失。

"糊涂"的语言，鲜明的形象

小红是《红楼梦》着墨不多的人物，但是却给人们留下了深刻的印象。这个怡红院浇花喂鸟的粗使丫头，不甘心居于三四等丫头的地位，时时想博得宝玉青睐，跻身晴雯、秋纹、碧痕之列。当她首次给宝玉倒茶得以接近之后，却遭到了秋纹、碧痕的责骂，虽然也曾一度心灰意冷，可是攀"高枝"的心思始终未泯。这个"眼空心大""刁钻古怪"的丫头等待着时机。

一个偶然的机会她遭际了王熙凤。凤姐要她去找平儿传达一件事情。她看准了这是讨好女管家的好时机，不但满口答应，而且立下了"军令状"："要说的不齐全，误了奶奶的事，任凭奶奶责罚就是了。"小红果然"不辱君命"，回来后学着平儿的口气，把平儿如何遵照王熙凤的意思嘱咐来旺的话重述了一遍：

> 平姐姐说："我们奶奶问这里奶奶好。我们二爷不在家。虽然迟了两天，只管请奶奶放心。等五奶奶好些，我们奶奶还会了五奶奶来瞧奶奶呢。五奶奶前儿打发了人来说：舅奶奶带了信来，问奶奶好，还要和这里的姑奶奶寻几丸延年神验万金丹；若有了，奶奶打发人

小红(改绮《红楼梦图咏》)

小红（改琦《红楼梦图》）

来,只管送在我们奶奶这里。——明儿有人去,就顺路给那边舅奶奶带了去。"

小红原原本本转述了平儿的话,几句话共出现了十四次"奶奶",交代了"我们奶奶""这里奶奶""五奶奶""舅奶奶""姑奶奶"五个人物之间的关系,她们问安、探望、书信往还、寻丹、送丹等礼仪交往,她模仿平儿口吻说话,又学平儿模仿五奶奶口气说话。一连串的"奶奶",像是绕口令。但是小红叙述得却简洁明当,没一句废话,没一丝混淆,条理非常清楚。王熙凤大为赏识,后来就从宝玉那里要来侍候自己。

这段"奶奶"的叙述,恐怕连作者也没有一定所指。所以连李纨都搞糊涂了。正如王熙凤说的:"怨不得你不懂,这是四五门子的话呢。"作者的目的不是在于真正说明各位奶奶之间的交往,因为在这一段话里提到的一些事情,在此之前从未提起,在此之后再无交代。作者的用意主要是要通过这段"糊涂"话,塑造小红这样一个伶牙俐齿,头脑清楚,办事干练的丫头的鲜明形象。如果我们过于认真,一味去考证各位奶奶所指何人,按图索骥寻找先后情节中有无蛛丝马迹的照应,那就上了曹雪芹的"当",醉翁之意不在酒,艺术不当胶柱鼓瑟看。小红的话虽然让人糊涂,小红的形象却跃然纸上。

巧言令色，害人邀宠

《红楼梦》第三十四回贾宝玉挨打后，花袭人给王夫人做过一次秘密汇报。花袭人是一个很有心计的人，处心积虑要改变奴隶的地位，所以她的每句话，每个行动都要保证万无一失。这次汇报又涉及贾宝玉的名誉前程问题。就更须小心谨慎，察言观色，步步试探。

一开始，王夫人责备她不该离开宝玉，无人服侍。袭人先说明宝玉已经睡下，其他丫头也能照顾。接着说："怕太太有什么话吩咐，打发他们来，一时听不明白，倒耽误了事。"这两句话既表示对主子嘱咐的重视，又是从大处着眼，不要"耽误了大事"，表明完全是为了宝玉，而且其他人都不如自己善于领会主子的意图。

王夫人问宝玉吃了什么，袭人回答：宝玉要喝酸梅汤，自己怕他"激在肚里，弄出病来"，就没给喝。又是自己对主子体贴入微。有了这一段对宝玉的关心，下面再暗示宝玉行为令人担心，才不致使王夫人怀疑她有诬谤主子之嫌。

王夫人试探她知道不知道宝玉挨打与贾环有关。她深知这事的起因，但是牵扯到两个主子之间的事，作为一个奴隶，不敢多

袭人（改绮《红楼梦图咏》）

嘴，连忙否认"我没听见过这话"，只承认听说与戏子有关系。王夫人说还另有缘故，仍暗指贾环。袭人又一口否认："别的缘故，实在不知道。"

现在她已经感觉到王夫人怀疑儿子行为不检点了，权衡利弊，要不要汇报宝玉的目前情况，于是"低头迟疑了一会"，最后大胆进言："论理宝二爷也得老爷教训教训才好呢！要老爷再不管，不知将来还要做出什么事来呢。"以恨铁不成钢，玉不琢不成器的口吻，表明了对宝二爷的忠心，正中王夫人下怀。王夫人称赞她："你这话说得明白，和我心里想的一样。"

袭人发现箭中靶心，于是进一步拉入正题：

> 二爷是太太养的，太太岂不心疼；就是我们做下人的，服侍一场，大家落个平安，也算造化了。要这样起来，连平安都不能了。那一日、那一时，我不劝二爷？只是再劝不醒。偏偏那些人又肯亲近他，也怨不得他这样，如今我们劝的倒不好了。今日太太提起这话来，我还惦记着一件事，要来回太太，讨太太个主意——只是我怕太太疑心，不但我们的话白说了，且连葬身之地都没有了！

表白自己和主子一样关心宝玉，时刻苦劝，忠心耿耿，反招人怨。暗示宝玉确有问题，但又不忘为宝玉开脱，责任在于小人亲近。目的不是埋怨宝玉不辨贤愚，主要是压别人、抬自己，邀功请赏，故意吞吞吐吐，欲言又止，诱使王夫人追根问底。如果说在此之前，王夫人是站在主子的地位盘问花袭人，王夫人主动，花袭人被动的话，至此，王夫人反而有求于袭人，想从她那里探听到宝玉的真实情况。花袭人由被动转化为主动，这就使她下面进谗言、射暗箭处于不败之地：非我主动汇报，是你要我提供，责不在我。既是你求于我，就要做出更多的保证，果真王夫人赞她说的"全是大道理"，"下合我的心事，你有什么，只管说"。

主子开了绿灯，袭人故作惊人之语：要让宝玉搬出大观园。一句话使王夫人大吃一惊。花袭人更为主动，王夫人忙问："宝玉难道和谁作怪了不成？"袭人连忙道：

> 太太别多心，并没有这话，这不过是我的小见识：如今二爷也大了，里头姑娘们也大了，况且林姑娘宝姑娘又是两姨姑表姐妹，虽说是姐妹们，到底是男女之分，日夜一处，起坐不方便，由不得叫人悬心。既蒙老太太和太太的恩典，把我派在二爷屋里，如今跟在园中住，都是我的干系。太太想，多有无心中做出，有心人看见，当作有心事，反说坏了的。倒不如预先防着点。况且二爷素日的性格，太太是知道的：他又偏好在我们队里闹。倘或不防，前后错了一点半点，不论真假，人多嘴杂，——那起坏人的嘴，太太还不知道呢：心顺

了,说得比菩萨还好;心不顺,就没有忌讳了。二爷将来倘或有人说好,不过大家落个直过儿;设若叫人哼出一声不是来,我们不用说粉身碎骨,还是平常,后来二爷一生的声名品行,岂不完了呢?那时老爷太太也白疼了,白操了心了。不如这会子防避些,似乎妥当。太太事情又多,一时固然想不到;我们想不到便罢了,既想到了,要不回明了太太,罪越重了。近来我为这件事,日夜悬心,又恐怕太太听着生气,所以总没敢言语。

这么一大段委婉曲折的"大道理",充分表现了一心爬上主子地位的袭人的奴才心理:

既想以这得忠心作为进身之阶,又怕触犯了主子的尊严,"听了生气",所以话说得总是那样朦胧迷离。

既处处表白为主子着想,怕宝玉败毁了名誉,使老爷太太白疼一场;又剖白自己谦恭尽心,日夜担忧,宝玉名誉事大,自己粉身碎骨事小。

既要离间宝玉和姐妹们之间的关系,又不敢说有什么伤风化的真凭实据,即令有些闲话,宝玉无罪,也是无心做出,为有心人说坏。不露痕迹地打击诬谤了其他丫鬟,无形中抬高了自己;表面上事事都是忘我,一心忠于主子,骨子里无处不是为了自己,博取主子欢心。

不敢说自己识鉴比主子高明,只能是"我的小见识"。不敢说主子没有发现问题,而是因太太事情太多,一时想不到。

联系她自己与宝玉之间的私情，再读这段冠冕堂皇的言辞，就更显得虚伪阴毒。这是一把镶金嵌玉的软刀子。这次汇报，博得了王夫人的赏识，于是把宝玉就"交给"她了，对她的将来也做出了许诺"自然不辜负你"。而后就成了王夫人的耳目。大至宝、黛爱情悲剧，小至抄检大观园和晴雯之死与这次秘密汇报都不无关系。

融洽而不投机的家常话

刘姥姥和贾母是《红楼梦》中两位老寿星。刘姥姥进荣国府是为了攀亲戚、找靠山、占便宜。贾母对刘姥姥比较热情,因为二人都到了暮年,有共同的话题。另外也像她吃腻了山珍海味,想弄点新鲜瓜菜吃一样,看腻贾府插金戴银的人物,想和山野之人交往,寻求点精神上的刺激。同时也可以用刘姥姥的寒酸衬托自己的富足多福,获得一点精神上的满足。她是把刘姥姥作为"弄臣"看待的。

两个老太太表面上谈得很融洽,刘姥姥一味奉承,装傻卖呆,以讨得贾府欢心,人在低檐下不得不低头。贾母装得一味谦逊,实则卖弄自矜。但是由于二人出身、生活境遇有天渊之别。拉家常时不自觉地形成了针锋相对。

贾母问过刘姥姥年纪后说:"这么大年纪了,还这么硬朗。比我大好几岁呢!我要到这个年纪,还不知怎么动不得呢!"看来是奉承刘姥姥健康,实则显示自己身体娇贵。刘姥姥回答:"我们生来是受苦的人,老太太生来是享福的,我们也要这么着,那些庄稼活也没人做了。"表面非常谦卑,吹捧了贾母,话外之音是:你们可以衣来伸手,饭来张口,坐享其成,我们不

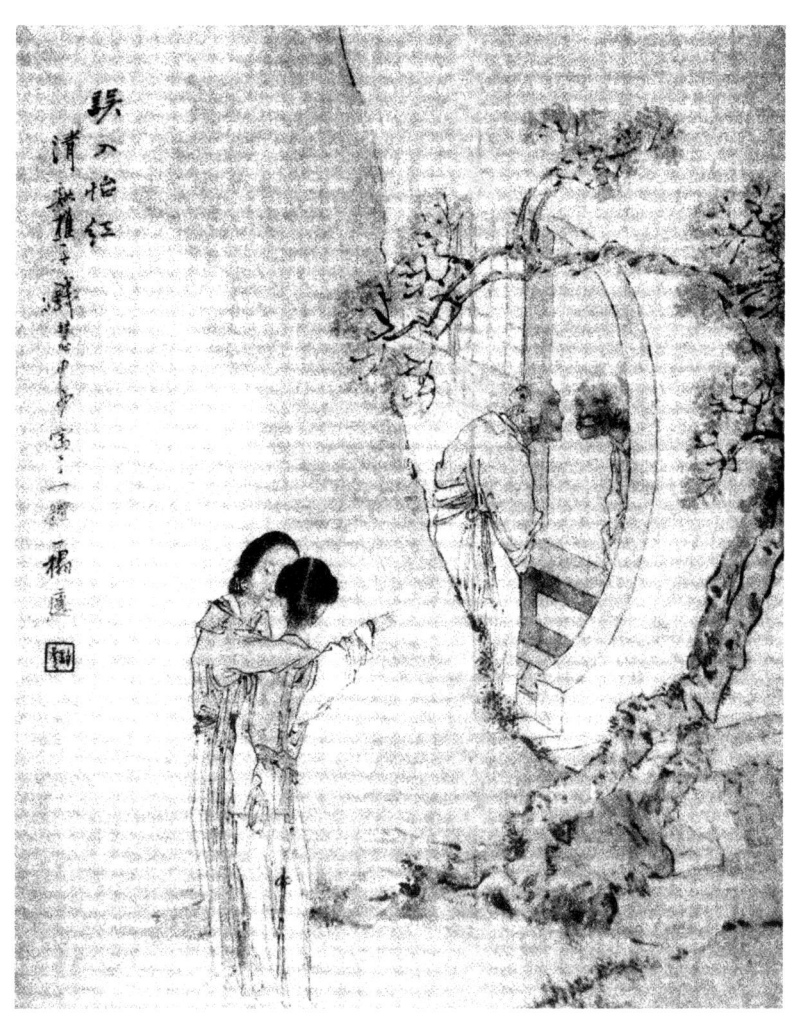

刘姥姥（钱慧安红楼梦画）

干,谁供吃穿。

一听话不投机,贾母又问起了牙齿。刘姥姥回了话,贾母接着说:"我老了,都不中用了,眼也花,耳也聋,记性也没了。你们这些老亲戚,我都不记得了。亲戚们来了,我怕人家笑话,我都不会。不过嚼得动的吃两口,睡一觉;闷了时,和这些孙子孙女儿玩笑会子就完了。"似乎无所事事,甚感无聊,在百无聊赖中打发日子,这纯粹是卖弄娇贵。刘姥姥也真会奉承:"这正是老太太的福了。我们想这么着不能。"显然后一句话又不和谐:真是身在福中不知福,饱汉子不知饿汉子饥。

贾母听说刘姥姥带了好些瓜菜来,说:"我正想吃个地里现结的瓜儿菜儿吃,外面买的不像你们地里的好吃。"贾母吃腻了珍馐佳肴,想吃点稀罕,调调口味。刘姥姥又有自己的欲望和生活追求:"这是野意儿,不过吃个新鲜。依我们,倒想鱼肉吃,只是吃不起。"朱门厌酒肉,茅屋食糟糠,一针见血。

刘姥姥随贾母到了潇湘馆,不留心被地上青苔滑了一跤。爬起来以后,贾母问她:"可扭了腰没有?叫丫头们捶捶。"贾母平时睡觉前都要丫头们捶腿,何况摔一跤,按她的生活经验,当然要捶一捶。可是刘姥姥却说:"那里说得我这么娇嫩?!那一天不跌两下子,都要捶起来,还了得呢!"贾母认为是必然的事,对刘姥姥来说就感到奇怪,她不能理解贾母的好意,反认为是小题大做,多此一举。所以对话自然两种音。

两个老太太很想靠拢,总想谈些共同的话题。力图找出共同的语言。可是生活的鸿沟无法填平,言谈自然不能投合,谁也不能进入对方的精神世界。刘姥姥千方百计奉承对方,结果却成了一种揶揄;贾母总想谦逊,结果处处成了夸福卖弄。妙在作者写两人交谈,是那样自然,符合人物身份,和和融融的形式,针锋相对的内容,话不投机反更多,使这场家常话充满了喜剧色彩。

善化痈疽成桃花

《红楼梦》第三十八回贾母说：她小时候，曾经失足落水，几乎淹死，结果木钉把头碰破了，如今鬓角上留下了一个指头顶大的一个坑儿。这本来是件丧气的事，贾母讲完后，一时别人不知道应该怎么接话。王熙凤却不等人说，先笑道：

> 那时要活不得，如今这么大福可叫谁享呢？可知老祖宗从小儿福寿就不小：神差鬼使，蹦出那个坑儿来，好盛福寿啊！寿星老儿头上原是个坑儿，因为万福万寿盛满了，所以倒凸出些来了。

这种细节描写，个性化的语言，真正到了炉火纯青的地步。

《红楼梦》中王熙凤的能说会道，善于奉承，书中其他人多有评论。周瑞家的说她："十分会说的男人也说不过她"，薛宝钗评她："世上的话，到了二嫂子嘴里也就尽了。幸而二嫂子不认得字，不大通，不过一概是世俗取笑儿。"兴儿向人介绍她："只一味哄着老太太、太太两个喜欢。"如果单单是侧面的概括评论，终究流于概念化，太空泛，没有细节丰富的血肉，人物也不过是

王熙凤(改琦《红楼梦图咏》)

王熙凤(程伟元刊本《红楼梦》插图)

一具木乃伊。上面一段王熙凤对贾母的奉承拍马，正是这种侧面描写的有力注脚，人物一下子就活起来了。读者面前立刻出现了一个善于机辩、精于谄媚的世故女子形象。寥寥数语，趣味横生。

首先说老太太大难不死是自幼福寿不小，天命如此。延年益寿正是为了纳福。福寿太多，神差鬼使碰出个坑来，盛多余的福寿。把痈疽说成艳如桃花，把灾祸化为福祥，化凶为吉，变失为得，投人所好，正中福深还祷福的贾母下怀。

还不止于此，王熙凤又杜撰传说加以引证，让贾母与老寿星相比，贾母自然更加高兴。妙在信手拈来，胡编乱造的寿星故事，此时此地用来，倒觉十分妥帖自然，无斧凿之痕。

王熙凤不认字，不能引经据典，"一概是世俗取笑儿"，老寿星传说的臆造，是符合王熙凤的性格文化修养的，只有她才会用这样的"典故"。难得的是她思维敏捷，出口成章，果真"凤辣子"拍马有术。

"曲线"奉承术

王熙凤一味讨好贾母,但是智者千虑,必有一失,她也有马失前蹄的时候。

林黛玉到贾府时,王熙凤第一次亮相。她一出场,就不同凡响,对林黛玉的亲热程度超过他人。她"携着黛玉的手,上下细细打量一回"。先把林黛玉夸奖了一番:

> 天下真有这样标致人儿!我今日才算看见了!况且这通身的气派竟不像老祖宗的外孙女儿,竟是嫡亲的孙女似的……

她知道贾母"天天嘴里心里放不下",是十分疼爱黛玉的,所以上面几句话,与其说是赞扬林黛玉,不如说是奉承老太太:真是龙生龙,凤生凤啊!

接下去,王熙凤还要表演,表现她对林妹妹命运的同情。于是接着说:"只可怜我这妹妹这么命苦,怎么姑妈偏就去世了呢!"说着便用手帕拭泪。自然这泪是流给贾母看的。王熙凤

王熙凤(吴友如《红楼梦十二金钗》)

万万没有想到,她却犯了一个错误。她只顾得表演了,忽略了表演的"背景"。此时已不是贾母抱住林黛玉大哭时的气氛,贾母刚刚平静下来。王熙凤一落泪,贾母就有点不高兴,说:"我才好了,你又来招我。你妹妹远路才来,身子又弱,也才劝住了。快别再提了。"王熙凤一听这哭的表演不合时宜,马屁拍错了点子,于是来了一个急转弯。忙转悲为喜道:"正是呢!我一见了妹妹,一心都在他身上,又是喜欢,又是伤心,竟忘了老祖宗了,该打!该打!"

这点随机应变的本领,绝不亚于《三国演义》里青梅煮酒论英雄时的刘备。王熙凤的喜怒哀乐都是现成的准备好了的,她像一个相声演员一样,可以时喜时悲,一个"忙转悲为喜"的"忙"字,道破了她先前落泪的虚伪。

别人遇到这种尴尬的场面,可能要向老太太赔礼认错,或涨红了脸悄悄退去。可是王熙凤到底是王熙凤,她不用这种方法平息贾母的不满,而仍然用对林黛玉虚情假意的"一心都在他身上"的疼爱同情,进一步讨好老太太。用嘻嘻哈哈的"该打!该打!"缓和了气氛。

贾母对死了母亲的外孙女是非常怜爱的。她和林黛玉的亲近关系超过贾府的任何人,对外孙女的疼爱超过任何人。在这种情况下,她当然希望其他人也能像她一样对待林黛玉。谁喜爱林黛玉,谁就能讨得她的欢心,这种喜爱即使超过了对贾母自己,她也不会责怪,只会感到高兴。正如夸奖一个孩子比父母都漂亮,他的双亲绝不会生气一样。王熙凤抓住了贾母这种心理，所以采用了一心只想着林妹妹，而忘了老祖宗这种"曲线"奉承的方式，变被动为主动，乐呵呵的贾母又让王熙凤灌了一碗"迷魂汤"。

苦中作乐心更苦

大观园落成，元妃归省，这是贾家沐皇恩隆宠遇最盛大的节日。为了迎接这次盛典不但专门修了一座大观园，而且买了学戏的女孩子和尼姑、道姑，置办了古董文玩、鸟雀禽兽。十五省亲，初八太监就来检查准备的情况。挡围幕，赶闲人。十五日一早，贾家男女老少列队迎候。静悄悄无一人咳嗽。街头巷口全用帷幕挡严。元妃到时，十来对太监骑马开道，下马拱手而立。接着是"一对对凤翣龙旌，雉尾宫扇，又有销金提炉，焚着御香，然后一把曲柄七凤金黄伞过来，便是冠袍带履，又有执事太监捧着香巾、绣帕、漱盂、拂尘等物。一队队过完，后面方是八个太监抬着一顶金顶鹅黄绣凤銮舆，缓缓行来。"

大观园内部，做了精细的布置。"帐舞蟠龙，帘飞绣凤，金银焕彩，珠宝生辉，鼎焚百合之香，瓶插长春之蕊。""进入行宫，只见庭灯绕空，香屑布地，火树琪花，金富玉槛，说不尽金门玉户神仙府，桂殿兰若妃子家。""只见园中香烟缭绕，花影缤纷，处处灯光相映，时时细乐声喧，说不尽太平景象，富贵风流。"人造景物最典型的是下面一段描写：

只见清流一带势若游龙。两边石栏上，皆系水晶玻璃，各色风灯，点的如银光雪浪，上面柳杏诸树，虽无花叶，却用各色绸绫纸绢及通草为花，粘于枝上，每一株悬灯万盏；更兼池中荷荇凫鹭诸灯，亦皆系螺蚌羽毛做成的，上下争辉，水天焕彩，真是玻璃世界，珠宝乾坤。

煊赫的盛典，隆重的场面，点缀得如此富丽堂皇的景物，外人看来不免啧啧称羡。在封建社会得到皇家这样的厚遇，贾府上下不知该是如何快活，怎样得意，一家人肯定是沉浸在最大的欢乐、最大的幸福之中。然事实并非如此。

作者笔锋一转，让我们窥见了贾府深宅内院的一幕，不免大吃一惊。原来这时贾妃到了贾母的正室，国礼已过，该行家礼了，一家团聚，屏绝了外人耳目，贾妃这时由皇妃又变成了贾家的姑娘贾元春。戏演完了。卸妆了，刚才被皇家仪礼压抑着的人伦之情，这时却一下子倾诉出来：

贾妃垂泪，彼此上前厮见，一手挽贾母，一手挽王夫人——三人满心有许多话，但说不出，只是呜咽对泣而已。邢夫人、李纨、王熙凤、迎春、探春、惜春等，俱在旁垂泪无言。半日，贾妃方忍悲强笑，安慰道："当日既送我到那不得见人的去处，好容易今日回家，娘儿们这时不说不笑，反倒哭个不了，一会子我去了，又不知多早晚才能一见!"说到这句,不禁又哽咽起来。邢夫人忙上前劝解。贾母等贾妃归坐,又逐次一一见过,又不免哭泣一番。

贾政在帘外向女儿贵妃问安行参。女儿对父亲想一诉苦衷:"田舍之家,齑盐布帛,得遂天伦之乐,今虽富贵,骨肉分离,终无意趣。"

这时,就连满脑子君君臣臣,心如枯井的卫道者贾政,也不免动了感情,"含泪"回话。元妃回宫离家时的情景,简直是生离死别。只听得执事太监一声:

"时已丑正三刻,请驾回銮。"元妃不由得满眼又滴下泪来,却又勉强笑着,拉了贾母王夫人的手不忍放。再四叮咛:"不须记挂,好生保养!如今天恩浩荡,一月许进内省视一次,见面尽容易的,何必过悲?倘明岁天恩仍许归省,不可如此奢华靡费了。"贾母等已哭的哽咽难言。元妃虽不忍别,奈皇家规矩,违错不得的,只得忍心上舆去了,这里众人好容易将贾母劝住,及王夫人搀扶出园去了。

人们看到了贾府内宅的这些场景,前面的盛大典礼,人造的景物一下子都失去了它的光彩,外表的喜庆气氛掩不住内心感情的痛苦。至此,我们才真正体会到了作者在前面不厌其烦的介绍

清人绘巨幅《大观园图》

迎接元妃典礼之盛的用意，这是把虚伪的礼仪、人造的景色与人的真实感情做强烈的对比。在人造的繁华、人导演的省亲大典、"说不尽的太平景象，富贵风流"的背后，却原来是骨肉分离的深切苦痛。一切排场和耗资巨大的布置陈设对贾府的骨肉亲情都成了无言的揶揄。

外在的假映衬着内在的真，喜剧的形式，悲剧的内涵，含着眼泪的欢笑，戴着脚镣的舞蹈，苦中作乐，心中更苦。

从外面看，郁郁乎皇家气派，元春是以妃子身份省亲。但是看她与家人团聚哭哭啼啼，住在"那见不得人的去处"，省亲限定时间，到时必须回宫，我们就感到她不是归省探亲，而是一个囚犯在规定时间内的假释。

女儿有情父无义

贾元春回大观园省亲,内心是非常悲苦的。她劝慰了贾母、王夫人几句话:"当日既送我到那见不得人的去处,好容易今日才回家,娘儿们这时不说不笑,反倒哭个不了,一会子我去了,又不知多早晚才能一见。"这些话里是暗含锋芒的,潜台词应当是:既有今日,何必当初,既然你们狠心把我送入宫廷,今日何必哭哭啼啼。这时你们哭个没完,似乎疼爱我,那么当初又为什么把我送走?

后来她父亲贾政参拜问安。见了亲人又不免一诉胸中幽怨:"田舍之家,齑盐布帛,得遂天伦之乐,今虽富贵,骨肉分离。终无意趣。"当然这话里同样也有对父亲的怨艾:你们得到了荣华富贵,却失去了天伦之乐,害得骨肉分离,你们认为进了宫廷无上荣耀,岂不知毫无意趣,那是虽生犹死的囚笼。

这是一个宫人女子对皇廷的控诉,是一个不能主宰自己命运的弱女子的痛苦呐喊,她在宫中不敢说的话,到了家中才一吐为快,想得到父母的一点爱怜抚慰,减轻一些精神的苦闷。

可是她失望了。贾政似乎也动了舐犊之情,"含泪"回答。但是一开口却又是一套宣扬封建君臣关系的大道理;贾家出了皇

元春(吴友如《红楼梦十二金钗》)

妃，是乌鸦群中出了凤凰，是天恩祖德山川日月精华钟于一身的结果，是全家的荣幸，我虽肝脑涂地不足以报皇上的大恩。只有勤勤恳恳、兢兢业业地尽忠于朝廷。贵妃不要挂念父母，多多保重，好好伺候皇上，希望不要辜负皇上的恩德。

贾政终究在官场多年，练达得多，从他的身份地位和当时的场合来说应该说回答得非常得体。他作为一个有官职身份的皇家臣子，不能也不敢同意元春雌黄皇廷的话，那将是大逆不道。他也不敢反驳元春的话，因为她是皇妃。所以只有歌功颂德，王顾左右而言他。但是元春听来，无疑是一瓢冷水泼顶。她知道皇宫还是要回的，皇妃还是要做的，说几句牢骚话，也不过是发泄一下积愤，希望得到点父母的同情和劝慰，得到点自我安慰。

然而有情的女儿却遇到了无义的父亲。贾政没有一点父女真情的流露，没有一句让女儿感到热乎乎的肺腑之言。相反，却是一派肯定她目前处境的君臣之间的"官话"套语。连自己的父亲都不能理解自己的苦衷，她完全绝望了。父女之间既然不能叙天伦、话家常，元春就改了口吻，以"官话"对"官话"，收起儿女情态，摆出皇妃架子，"嘱以'国事宜勤，暇时保养，切忽记念'"，三言两语冰冷的"官话"结束了这场不愉快的父女对话。

一场耐人寻味的考试

中国的风景园林历来有一种传统,那就是诗景配。一个好的园林或自然景色就要有好的楹联:题额点化,使诗意和园林情致互相映衬。一副好的楹联、一个好的题额往往能让山林景物陡然生色,唤起人们感情的共鸣,更能领略大自然的韵味。

大观园刚刚竣工,正需要一些题额点出它的妙处。它像一道考试的题目摆在了贾政父子和众清客面前,让他们各自做出答案,以显示他们的胸腑才学。从表面上看是贾政考贾宝玉(当然也有在众人面前显示儿子之意),他摆出一副庭训的架势,板着家长的面孔,对贾宝玉百般挑刺。题额对的好就骂"歪才",他认为对得不好,就骂"无知的蠢物""畜生""终是不读书之过",甚至要打嘴巴。不得允许而插话,被斥责:"谁问你来?"不说话时,又被讽刺"还要等人请你不成?"在大观园自然景物面前的这场考试,无疑是对贾宝玉的精神折磨,但同时也展示了他的才华。明是考宝玉,实际上无形中也考了贾政和众清客。贾政、众清客是专为题额而来,早有准备。宝玉是半路上拉来的,事先毫无准备;贾政、清客自命不凡,以长者自居,俨然以饱学宿儒自任。贾宝玉却是后生晚辈的孩子。结果,贾政和众清客拟的题额

宝玉(改绮《红楼梦图咏》)

几乎都让宝玉给驳了，宝玉拟的却多被采用。相形之下，贾政的迂腐无文、感情干瘪的冬烘面貌和众清客奉迎有术、谈文缄口的嘴脸一一暴露出来。而贾宝玉的儒雅倜傥，才识渊博，文采风流得到了更加充分的展现。在大自然的考试面前，人们看到了他们各自的精神世界。

大观园的旖旎风光，正是配上贾宝玉这样多才多艺的人物，才能相映成趣，相互辉映。自然景色由贾宝玉画龙点睛，才有了生命。贾宝玉由大自然的诱发，才情才得以充分发挥，景物与人各自生色。正如《牡丹亭》的景物，只有杜丽娘才能欣赏，同时也只有杜丽娘"良辰美景奈何天"一段感情的抒发，牡丹亭花园的景色才有了灵魂。这是锦上添花，人在画中游，画中有才人，相得益彰。

相反，贾政和众清客在大观园就显得极不谐调，可以说是大自然美好风光与猥琐人物的对比。贾政和众清客是一帮俗不可耐的酸儒，四书五经毒害了他们的心灵，大自然在他们心中不能唤起美的感情，也失去了欣赏美的能力。有时也故作风雅，什么引起"归农"之意啊，什么要"煮茗操琴"啊，越是如此，越让人感到矫情可厌。自然景物一经他们评断，顿失灵秀之气。《红楼梦》第十七回作者用了很多笔墨描绘了大观园的锦绣画图，这样就越让人感到贾政这帮人在其中活动是那样的不谐调，显得他们是那样可笑，可怜又可憎。像是几头驴子闯进了一座美不胜收的花园，任意践踏啃啮着花草，还要自鸣得意地哇哇哇叫几声。这是对自然美的亵渎，同时也暴露了贾政等人的灵魂。实在大煞风景。

"大观园试才题对额",到底"试"了谁的才,不就一清二楚了吗?这样的标题对贾政们确实是有着讽刺的。偷鸡不着蚀把米,搬起石头砸了自己的脚,此之谓也。

难品的茄子，难辨的杯

刘姥姥进大观园，好些东西她见所未见，闻所未闻。那自鸣钟，那各种家什绸缎，小姐的卧室，少爷的书房。……使她大开眼界，如入天堂仙境，头晕目眩。衬托出了贾府金门绣户的奢华与刘姥姥贫困生活的强烈对比，所以刘姥姥感到吃惊是可以理解的，但是在《红楼梦》中也写了本不应该使她感到吃惊的东西。结果，到了贾府这些东西都变了味，走了样，使她大感不解，这样在揭露贾府奢侈淫逸的生活方面就更进了一层。

第四十一回写贾母请刘姥姥吃茄鲞。茄子对刘姥姥来说比贾府任何人都熟悉，它不同于从来没见过的自鸣钟。茄子从育秧、移栽到开花结实，刘姥姥这个年老的农妇了若指掌，可是到了贾府，茄子却变了味，连刘姥姥这个老相识也不识其真面目了。她吃着茄子却说："别哄我了，茄子跑出这个味儿来！我们也不用种粮食，只种茄子了。"她很有把握，这绝不是茄子，茄子不会是这种味道，假若茄子味道都这么好，谁还种庄稼；可是，这确实是茄子，那么茄子是怎样"跑出这个味儿来"的呢？刘姥姥认为茄子不管怎么做还是茄子，便宜的蔬菜，肯定不会用太贵重的佐料烹饪。大概有一种特殊的做法做出这特殊的味道来。贵重蔬菜吃不起，茄子还是可以的。所以她也想学点手艺："告诉我是什么法子弄的，我也弄着吃去。"

看凤姐是怎么回答的：

> 这也不难，你把才下来的茄子，把皮全暴了，只要净肉，切成碎丁子，用鸡油炸了，再用鸡肉脯子含香菌、新笋、蘑菇、五香头腐干子、各色干果子，都切成丁儿，拿鸡汤煨干了，拿香油一收，外加糟油一拌，盛在磁罐子里，封严了，要吃的时候儿，拿出来，用炒的鸡瓜子一拌，就是了。

凤姐说得非常轻松，"这也不难"如此这般"就是了"。刘姥姥听了却直摇头吐舌："我的佛祖！倒得多少只鸡配他，怪道这个味儿。"知道这茄子怎么"跑"出这个味儿来了，可是手艺也不敢学了。鸡来配茄子，以贵配贱，本末倒置，到底是吃鸡还是吃茄子？刘姥姥是吃得起茄子，配不起鸡的。

自鸣钟使刘姥姥目瞪口呆，尚有情可原，她从未见过。而茄子是她经常吃的非常熟悉的蔬菜，以致使她"摇头吐舌"，感到惊诧莫名，有些出人意料了。足见一切东西进了贾府低贱的会变成贵重的，普通的会变成特殊的，粗糙的会变成精细的，熟悉的会变成陌生的，让人真伪难辨。通过刘姥姥吃茄子而不认识茄子这样一个细节，进一步揭示了贫富生活之间的巨大差别，揭露了贾府生活的豪华奢侈。

事情到此并未结束，刘姥姥又对酒杯发生了兴趣。鸳鸯问她酒杯是用什么木头做的。刘姥姥笑道：

  怨不得姑娘不认得：你们这金门绣户里，那里认得木头？我们成日家和树林子做街坊，困了枕着它睡。乏了靠着它坐，荒年饿了还吃它；眼睛里天天见它，耳朵里天天听它，嘴儿里天天说它：所以好歹真假我是认得的，——让我认认。

她端详了半天，说：

  你们这样人家，断没有那贱东西；那容易得的木头，你们也不收看了。我掂着这么体沉，这再不是杨木，一定是黄松做的。

结果引来了一声哄堂大笑。

正如刘姥姥自己说的木头是她整天打交道的东西，她非常熟悉它们，如数家珍。而且自己确信这方面的知识远远超过贾府。鸳鸯出这样一个题目考她，算上碰上了她的看家本领。所以她很有信心，很得意，很想卖弄一下这方面的知识学问。即令如此，她也没敢贸然判断，而是"细细端详了半日"。她深知贾家一草一木皆非同凡响，"贱东西""容易得"的木头贾府是不会用的，何况这"雕镂奇绝，一色山水树木人物，并有草字及图印的十个大套杯"。所以她就按最上等的木头做出判断。可是囿于她的生活贫困地位和眼光的狭窄，即使发挥最大胆的想象也不过是黄松。刘姥姥终究跳不出她狭小的生活天地。难免"众人听了哄堂大笑起来"。

作者让刘姥姥自诩最了解木头：树林子是街坊、枕它、靠它、吃它，天天见它，天天听它，天天说它。辨认酒杯时又是那样慎重，尽量往上等木料上猜。结果仍然出了笑话。这种写法就加强了喜剧效果，加深了情节的思想意义：即令是刘姥姥这样在农村算得上识多见广的老人，对她最熟悉的木头，在贾府的一套酒杯面前仍然显得那样无知。她"时常在乡绅大家也赴过席，金杯银杯倒都也见过"，可是也"从没见有木头杯的"，更不用说用黄杨木树根刨成的酒杯了。它再一次告诉人们：贫富之间的差距是如此之深，贾府穷奢极欲的生活，"乡绅大家"不可比拟，穷苦的百姓更是怎样大胆想象也是想象不到的。

不种茄子做出的茄子使种茄子的不认识了茄子；不跟木头打交道用的木头，让了解木头的辨不出是什么木头。这样的细节描写，即使文章趣味盎然，同时也蕴含着耐人寻味、发人深思的深刻思想。

贾府的几个"演员"

人们赞赏《儒林外史》的讽刺艺术是不动声色。在《红楼梦》中同样不乏这种精彩的片段。作者往往在克尽封建礼教的庄严中杂以冷冷的讽刺，在那些伪道学的面孔上点上一个白鼻子，一下子就揭穿了富而好礼的缙绅之家的虚伪。

贾敬死了，贾珍、贾蓉父子正巧不在家，噩耗传来，"贾珍父子星夜驰回"，足见孝心之重。当在途中听说家里接来了尤二姐、尤三姐时，贾蓉"听见两个姨娘来了，喜的笑容满面"。顺笔一点，贾蓉孝心的虚伪立现。

父子"一日到了都门，先奔入铁槛寺，那天已是四更天气，坐更的闻知，忙喝众人来。贾珍下了马，和贾蓉放声大哭，从大门外便跪爬起来，至棺前稽颡泣血，直哭到天亮，喉咙都哭哑了方住"。缞经苦块，孝心何等虔诚！可是贾蓉一听贾珍让他回家料理停灵之事，可以见到两位姨娘，"贾蓉巴不得一声儿"，马上回去找两位姨娘调笑。

在这期间，贾珍父子"为礼法所拘，不免在灵旁籍草枕块，恨苦居丧"，这时作者又悄然插入一句："人散后，仍乘空在内亲女眷中厮混。"曹雪芹善于在这些人装得一本正经的时候，突然撩

贾蓉（改绮《红楼梦图咏》）

起他们道袍的一角,露出他们满身的疮痍。

如果说《红楼梦》对贾珍等纨绔子弟往往是在他们装正经的当儿偶尔猛刺一针的话,那么对贾政这样的道学先生,就完全是用正面描写的方法,而内含的嘲弄尽在不言之中。

> 贾母笑道:"你在这里,他们都不敢说笑,没的倒叫我闷得慌。你要猜谜儿,我说一个你猜,猜不着是要罚的。"贾政忙笑道:"自然受罚。——若猜着了,也要领赏呢!"贾母道:"这个自然。"便念道:"猴子身轻站树梢——打一果名。"
>
> 贾政已知是荔枝,故意乱猜,罚了许多东西,然后方猜着了,也得了贾母的东西,然后也念一个灯谜与贾母猜。念道:"身自端方,体自坚硬。虽不能言,有言必应——打一用物。"
>
> 说毕,便悄悄地说与宝玉,宝玉会意,又悄悄地告诉了贾母。贾母想了一想,果然不差,便说:"是砚台。"贾政笑道:"到底是老太太,一猜就是。"回头说:"快把贺彩献上来。"地下妇女答应一声,大盘小盒,一齐捧上。贾母逐件看去,都是灯节下所用所玩新巧之物,心中甚喜,遂命:"给你老爷斟酒。"宝玉执壶,迎春送酒。

这真是一段绝妙的相声表演,一幅漫画。

深刻之处，在于贾政明知谜底是荔枝，却"故意乱猜"；贾母明明是宝玉告诉了她谜底，还要装模作样地猜中，更可笑的是贾政还要奉承一句："到底是老太太，一猜就中。"

大家心照不宣，谁也不要捅破这层矫情的薄纸，都在一本正经地演戏，像是一个化装舞会，人人戴起假面具。母子之间没有一丝真实的感情，却要人为地制造一种母慈子孝充满天伦之乐的气氛。

表面的真诚掩饰着内心的虚伪，个中人煞有介事，旁观者哑然失笑，无须作者点明，嘲弄讽刺的意味由情节中自然流露出来。

破了"二马不同槽"的例

贾琏偷娶了尤二姐后两个月,贾珍给父亲贾敬做完佛事,趁空又到尤老娘这里与尤二姐鬼混。事先打听到贾琏不在,才鬼鬼祟祟溜了来。尤二姐陪贾珍吃了两盅,怕贾琏回来,彼此不雅,便推故回到了自己屋里。这里贾珍无可奈何,也只好与尤老娘和尤三姐一起吃酒。

后来,贾琏来了,鲍二的老婆多姑娘悄悄告诉他,贾珍在西院尤老娘处。这时贾琏的心腹小童隆儿把贾琏的马和贾珍的马拉到了一起。然后到厨下和其他人饮酒嬉闹,接着下面写了这样一段话:

> 隆儿才坐下,端起酒来,忽听马棚内闹将起来。原来二马同槽,不能相容,互蹄蹴起来。隆儿等慌得忙放下酒杯,出来喝住,另拴好了进来。

这段文字从表面看与塑造人物、故事发展毫无关系,是节外生枝的游离之笔。然而结合当时贾珍、贾琏和尤二姐的关系分析,二马不能同槽,寓意匪浅。

贾珍要找尤二姐重叙旧情，但是现在尤二姐已经成了贾琏的外室，"二马"不便"同槽"，他不能不有所顾忌，所以打听贾琏不在家时才来相会。这里，尤二姐向贾琏暗示自己曾与贾珍有染。贾琏早已知情，但却非常"大度"，对尤二姐说：

你放心，我不是那拈酸吃醋的人。你前头的事，我也知道，你倒不用含糊着。如今你跟了我来，大哥跟前自然倒要拘起形迹来。依我的主意，不如叫三姨也和大哥成了好事，彼此两无碍，索性大家吃个杂烩汤。你想怎么样？

他是这样说的，也是这样做的。乘着酒兴，干脆到西院去会贾珍。他认为藏藏躲躲倒不好，"索性破了例就完了"。

贾珍一听到贾琏的声音，"吓了一跳"，见了贾琏，"羞惭满面"，贾琏却笑道："这有什么呢！咱们弟兄从前是怎么样了？大哥为我操心，我粉身碎骨，感激不尽。大哥要多心，我倒不安了。从此，还求大哥照常才好；不然兄弟宁可绝后，再不敢到此处来了。"说着便要跪下。贾珍连忙搀他起来，说："兄弟怎么说，我无不领命。"贾琏忙命人："看酒来，我和大哥吃两杯。"两个衣冠禽兽的灵魂真是暴露无遗。

贾琏原来也是不同意"二马同槽"的，可是他终究比驴夫高明，想出了二马同槽的办法，那就是让贾珍和尤三姐"成了好事"，这样各有所归，撕下面皮，"吃个杂烩汤"，彼此也就可以

"两无碍"了,"二马"也就可以"同槽"了。贾琏要求二人狼狈为奸,"照常才好";贾珍求之不得,"无不领命",这对难兄难弟终究破了二马不同槽的例。

他们的识见确实比驴马"高明",然而行径却不如互相蹄躏不能同槽的畜生。至此,作者在马棚一段文字的用意也就不言自明了。

笔写生者，意在死者

秦可卿丧事期间，有秦钟与智能偷情缱绻，宝玉与村姑二丫头"眼角留情"之事；贾敬丧事前后，发生了贾珍、贾蓉父子聚麀，贾蓉为贾琏说媒拉纤，贾琏偷娶尤二姐，珍、琏、蓉调戏尤三姐事。两次办丧事，都伴随着这些与丧事极不谐调的"风流"事体。它暴露了封建礼教的虚伪和贾珍、贾琏、贾蓉、秦钟等纨绔子弟的丑恶灵魂。但对于死者秦可卿、贾敬来说又别有意义。

秦可卿是一个行为不端的少妇。作者虽然删去了"淫丧天香楼"的情节，但从贾珍办秦可卿丧事"恣意奢华"，"哭的泪人一般"，"我这媳妇比儿子还强十倍"等言行看，仍可窥见翁媳之间暧昧关系的端倪。从秦可卿房内陈设的淫靡气氛以及"贾宝玉神游太虚幻境"的描写，无不暗示着秦可卿的放荡。这样一个人物，停灵期间发生了秦钟、智能、宝玉、二丫头等儿女私情，是和秦可卿的人品一致的，和她的作风有着相互映照的意义。

秦钟是她的弟弟，贾宝玉在太虚幻境与她有过儿女之事。然而正是这两个人，在她死后，一个与女尼幽会，一个与村姑传情，真是"情天情海幻情深"，他们的作为恰像这位荡妇的风流余韵。只有这样人物的丧事才能有这样的"情事"，二者互为表里，

可卿（改绮《红楼梦图咏》）

可卿(周权《红楼十二钗图》)

作者安排大有深意。

贾敬是一个好道的人。最后在玄真观死于吞金服砂。长孙媳妇秦可卿死了,他怕染了红尘,不愿回家料理,也不在意。偏偏这样一个斩断了儿女私情,脱俗超尘,一心成仙飞升的人物,却生了一个好声色犬马的孽种贾珍。贾珍父子又勾搭着贾琏,又偏偏在贾敬丧事前后和尤二姐及其他内眷厮混,他们父子不父子,兄弟不兄弟,叔侄不叔侄,道德沦丧,狗彘不如。

贾敬追求的是欲念解脱,红尘不染。子孙们却是人欲横流,偷鸡摸狗,向贾敬的灵柩上大泼污水,"昨日黄土垄头埋白骨,今宵红绡帐底卧鸳鸯",作者如此安排,正是对封建礼教和贾敬、贾珍等人的绝妙讽刺。

闲来逗鹦鹉，悲苦心自知

贾宝玉挨打后，去怡红院探病者不绝于路。一天，林黛玉远远地看到先后有贾母、王夫人、王熙凤、李纨及众姐妹和丫鬟仆妇一群人去看望宝玉，黛玉一时都看呆了。想起宝玉有父母的好处，联系自己身不觉"泪珠满面"。后来紫鹃让她吃药，才回到了潇湘馆。但见满地"竹影参差，苔痕浓浓"，又联想起《西厢记》中伤感的词句。因暗暗叹道："双文虽然命薄，尚有孀母弱弟；今日我黛玉之命薄，一并连孀母弱弟俱无。"想到这里，又落下泪来。

正在她心情非常不好的时候，那只鹦鹉却出来"插科打诨"，它不了解女主人的心情，仍在那里学舌："雪雁，快掀帘子，姑娘来了！""商女不知亡国恨，隔江犹唱后庭花"，无知鹦哥的逗人话语反衬得林黛玉的心情更加凄苦。"黛玉便止住步，以手扣架，道：'添了食水不曾？'那鹦鹉便长叹一声，竟大似黛玉素日吁嗟音韵，接着念道：'侬今葬花人笑痴，他年葬奴知是谁？'黛玉、紫鹃听了都笑起来。"鹦鹉都学会了《葬花词》中最伤感的两句，连潇湘馆的禽鸟都感染上了感伤的情调，黛玉虽然笑了，但这笑容是非常惨淡的，是压抑着内心痛苦的一笑。

黛玉葬花（费丹旭红楼画）

她又叫人把鹦鹉架挂在月洞窗外,她"无可释闷,便隔着纱窗,调逗鹦哥做戏,又将素日所喜的诗词也教与他念"。这里,不禁使我们联想起契诃夫《苦恼》中的马车夫姚纳,他的儿子死了,他总是和他的小母马"交谈";《万卡》中的守夜人康司坦丁·玛卡雷奇身后总有两条狗伴随着他,林黛玉调逗鹦鹉做戏也是一样,更深刻地表现了她孤独凄凉的心情。百无聊赖,愁结心头,无法排遣,禽鸟为伴,借以忘忧。

潇湘馆整日愁云渗淡,很难看到林黛玉的笑容。为了遣愁解闷,她只好寄厚望于鹦鹉,教它一些诗词,让它继续学舌,在自己愁闷的时候,博得开口一笑,通过训练鹦鹉娱乐自己,自己为自己制造一点欢乐。人到了这步田地,她的悲苦的心情也可以想见了。

一支妒忌的"冷箭"

《红楼梦》中好些情节，往往粗看像是闲笔，细品大有意趣。于无心处见深心。薛宝钗滴翠亭扑蝶就是这样一个耐人寻味的情节。

时交芒种节，大观园内众姐妹在一起玩耍，独不见黛玉，于是薛宝钗去找她。快到潇湘馆的时候，"忽然抬头见宝玉进去了。宝钗便站定了。低头一想：'宝玉和黛玉是从小儿一块长大的，他兄妹间多有不避嫌疑处，嘲笑不忌，喜怒无常，况且黛玉素多猜忌，好弄小性儿，此刻自己也跟进去，一则宝玉不便，二则黛玉嫌疑，倒是回来的妙。'"宝钗怕别人"猜忌""不便""嫌疑"，正好说明自己多心，如果自己心胸坦荡，于宝玉不存私情，哪里来的这么多瞻前顾后的考虑。这恰恰暴露了她有拈酸吃醋之意。

正当她要"抽身回去"的时候，刚好遇到了一对玉色蝴蝶，不但是双双对对，而且还"一上一下迎风翩跹"，追逐求爱。此时此地的薛宝钗看到这样情意缠绵的一对，心情是可以想见的。

作者安排这一双蝴蝶大有深意。它既是人物心理、思想感情的反衬，同时也是情节发展的契机。正是这对蝴蝶引诱着她到了滴翠亭，听到了小红和坠儿的私房话和嫁祸于林黛玉的情节，再

滴翠亭宝钗戏彩蝶(王钊《红楼梦》插图)

一次显露了她拈酸妒忌的心理。小红和坠儿的私房话让薛宝钗听到了,她听了人家的短,担心"人急造反,狗急跳墙",遭到报复,而这时想躲也来不及了。为了不让小红、坠儿怀疑自己,又须用个"金蝉脱壳"之计。

凭薛宝钗的聪明机智,完全可以用另外的法子"脱壳"而去。不,她却毫不犹豫地拿林黛玉做了替身。她善于做戏,"故意放重了脚步",向小红二人证明自己是刚到。又"笑着叫道:'颦儿!我看你往哪里藏!'一面说,一面故意向前赶"。以此表明自己根本不知道阁子里有人。薛宝钗又笑着反问二人:"你们把林姑娘藏在那里了?"又说:"我才在河那边看着林姑娘在这里蹲着弄水儿呢!我要悄悄地唬他一跳,还没有走到跟前,他倒看见我了。朝东一绕,就不见了。——别是藏在里头了?"一面说,一面故意进去,又寻了一寻。薛宝钗这一系列的表演,把自己洗刷得一干二净,使小红、坠儿确信林黛玉确实到阁子外面来过,而且待了不短的时间。试想:薛宝钗在河那边就看见了她,而且不是匆匆走过这里,却是蹲在这里弄水儿。薛宝钗要"悄悄"地唬她,自然蹑手蹑脚,走得很慢,那么从河对面通过小桥走到这里需要多少时间啊!

薛宝钗庆幸"这件事总算遮过去了,不知他二人怎么样?"她很得意自己的表演,而且关心着表演的后续效果——是否能让黛玉背黑锅。薛宝钗的表演,果然取得了很好的"戏剧效果",等薛宝钗走了以后,小红对坠儿说:"了不得了!林姑娘蹲在这里,一定听了话去了。"

薛宝钗暗箭伤人,无端嫁祸于无辜的林黛玉,这正是在她看到宝玉去找黛玉思绪万千的时候。再结合那一对蝴蝶的出现,她这种举动就不是偶然的灵机一动,而是有着内在的必然。

大有深意的情节安排

《红楼梦》第二十六、二十七两回故事安排颇具匠心,使林黛玉、薛宝钗的性格做了鲜明的对比。

贾宝玉、林黛玉正在潇湘馆利用《西厢记》唱词,暗透心事。忽传贾政叫宝玉。贾宝玉匆匆而去。原来是薛蟠过生日借贾政之名赚宝玉出来吃酒,朋友送来了大节粉脆鲜藕,请宝玉一道尝新。

贾宝玉醉醺醺回来不久,薛宝钗就到了,说鲜藕"昨儿哥哥倒特特地请我吃,我不吃,我叫他留着送给别人罢。我知道我的命小福薄,不配吃那个"。宝钗的突然造访,并没有其他事情因由,可见是专为表白对贾宝玉的一片情意而来。

这时林黛玉正在为贾宝玉担心,不知贾政叫他何事,晚上就来怡红院打听。半路上正好"见宝钗进宝玉的园内去了,自己随后走了来"。谁料晴雯等正对宝钗来访不满,又没听清是林黛玉的声音,闭门不开。而且说:"凭你是谁,二爷吩咐了,一概不许放人进来呢!"林黛玉气恼了。心想:"虽说是舅家如自己家一样,到底是客边。如今父母双亡,无依无靠,现在他家依栖,若是认真怄气,也觉没趣。"边想边流泪,去留都不是。这时又听到了宝钗、宝玉的欢声笑语，越发动气。忽然又想起早晨的事来（贾宝玉曾戏对紫鹃说："若共你小姐同鸳帐，怎舍得叫你叠被铺床？"惹恼了黛玉，宝玉曾哀求林妹妹不要去告他）："毕竟是宝玉恼我的缘故。——但是我何尝告你去了！你也不打听打听，就恼我到这步田地？你今儿不叫我进来，难道明儿就不见面了？"林黛玉又悲悲切切哭起来。

接下来写芒种节，众姐妹、丫头们在园里祭花神。独不见黛玉，于是薛宝钗主动去找她。正往潇湘馆去看，"忽然抬头见宝玉进去了，宝钗便站住，低头想了一想：'宝玉和黛玉是从小一处长大的，他兄妹间多有不避嫌疑之处，嘲笑不忌，喜怒无常；况且黛玉素多猜忌，好弄小性儿，此刻自己也跟进去，一则宝玉不便，二则黛玉嫌疑，倒是回来的妙。'想毕，抽身回来。"结果由于中途扑蝶，到了滴翠亭上，听了小红和坠儿的私房话，怕这些人狗急跳墙报复她，于是就谎称为追寻黛玉而来，看见黛玉在这里蹲了好长时间了。小红、坠儿果真信了她的话，肯定林姑娘听了她们的谈话。薛宝钗金蝉脱壳，嫁祸于林黛玉。

以上两个情节非常类似，一个是林黛玉看到宝钗去找宝玉；一个是薛宝钗看到宝玉去找黛玉。同是第三者的林黛玉、薛宝钗处于类似的情况，反映却大不相同。

林黛玉看见宝钗进了怡红院，毫无顾忌，"自己也随后走了来"。心胸坦荡荡。薛宝钗看宝玉进了潇湘馆，她便"站住""抽身回来"。顾虑重重，想了很多，前思后想，都是怕得罪人，于己不利。

林黛玉在怡红院吃了闭门羹，非常生气，哭得悲悲切切，喜怒无掩饰，明明看到宝钗进去了，晴雯又假传"圣旨"：宝玉吩咐，一概不许人进去。可见宝玉、宝钗是回避第三者的。况且又隔门听见二人嬉笑之声。但是她并没迁怒于薛宝钗，没一句怨艾她的话，而只是自伤身世，自悲自叹，担心和宝玉发生误解，感情产生隔阂。她是无伤人之心的。

薛宝钗从去潇湘馆的路上"抽身回来"之后，扑蝶玩耍，似乎心无芥蒂。然而到了滴翠亭上听了两个丫头的私房话后，凭她的机智聪明是可以另找借口"金蝉脱壳"的。她没有这样做，在她正在想法脱身，"犹未想完"的一刹那，却随口叫道："颦儿！我看你往那里藏！"可见让林黛玉做替罪羊是她的第一个念头。至此，她对宝玉到潇湘馆去而产生的忌恨，总算得到了报偿。她是暗箭伤人，不动声色。

相似的情节，相同的处境，林黛玉、薛宝钗各自按照自己的性格特点做出不同的反映。作者安排大有深意。

无意巧遇与有意跟踪

《红楼梦》很多故事情节的安排都是匠心独具的,往往以闲闲之笔款款写来,不动声色,"不言之教"中蕴含着巧妙的构思。在第二十六回至二十八回这三回中,贾宝玉、林黛玉、薛宝钗三个主要人物的爱情关系,进入了一个微妙阶段;贾宝玉和其中一个在一起,另一个就会"突然"出现而撞上,表面看是无意邂逅,实则是有意监视。

第二十六回贾宝玉自薛蟠处吃酒回来刚到怡红院,薛宝钗就来了,向他表白宝玉在薛蟠那里吃的鲜藕,是她自己不舍得吃专门留给宝玉的,以示疼爱关怀。正当薛宝钗进怡红院的时候,却恰好让黛玉撞上了,"自己也随后走了来",叫门丫头不开,仍不甘心,又说:"是我,还不开门吗?"最后仍然被屏于门外。林黛玉挚意要进去,除了想了解一下白天贾政把宝玉唤去何事(实则薛蟠假冒姨父之名骗去喝酒)之外,恐怕还有一层意思:不能让贾宝玉和薛宝钗单独待在一起。

第二天是芒种节,大家都在祭花神,唯独不见黛玉。这时完全可以派一个丫头去请她。薛宝钗却抢先自告奋勇:"你们等着,等我去闹了她来。"作者何以安排她充当这一角色?宝钗何以如此积极？她是不是想打探一下林黛玉是不是和贾宝玉在一起？果然不出所料，正巧宝玉去潇湘馆，让她撞上了。

第二十八回写贾宝玉、薛宝钗、探春、惜春都在王夫人处吃饭。贾宝玉匆匆吃完饭就到贾母那里去看林妹妹。两个人正在怄气，没说上几句话，薛宝钗就跟踪而至。宝玉要打发她走，说："老太太要抹骨牌，正没人，你抹骨牌去罢。"宝钗回答得难以捉摸："我是为抹骨牌才来的么？"这话有多种含意：从表面可以理解为，我是为看老太太来的，是看林妹妹的，更深一层可理解为。我还不是为你来的，我是为看你和林黛玉的"表演"来的，这一次又是宝钗撞上了贾、林。

次日，贾宝玉到贾母那里去请安。路上遇上了黛玉，两人又在互相试探怄气。"正说着，只见宝钗从那边来了，二人便走开了。宝钗分明看见，只装没看见，低头过去了。"本来也可以让别人碰上，惊散鸳侣，为什么又偏偏是最敏感的人物薛宝钗呢？如果她心里没有别的念头，完全可以落落大方地迎上去，为什么偏又故意装没看见，低头躲过呢？不正说明她暗窥别人，心虚胆怯吗？这是她第三次撞上贾、林在一起。

"宝钗因往日母亲对王夫人曾提过'金锁是个和尚给的，等日后有玉的方可结为婚姻'等语，所以总远着宝玉。"可是这一次，她明明看到宝玉是朝贾母处去的。她自己到王夫人那里坐了一回，也就到贾母这里来了，果真宝玉也在，这那里是有意"远着"宝玉，不正是在追踪宝玉吗？这种少女的微妙心理是可以理解的。

蒋玉菡情赠茜香罗（王钊《红楼梦》插图）

这时贾宝玉要看薛宝钗腕子上戴的香串子，一时宝玉对她那丰满的胳膊动怜情，看呆了。宝钗也不好意思，扔下香串，回身刚要走，"只见黛玉蹬着门槛子，嘴里咬着绢子笑呢。"黛玉在路上遇到宝玉时是"顶头来"的。贾宝玉是到贾母那里去问安，黛玉就是向相反方向走的，宝钗看见他们二人时，"二人便走开了"，也是向相反方向离去的。那么，这时林黛玉怎么神不知鬼不觉地蓦然来到了贾母居处呢？又是这样巧合，撞上了宝玉和宝钗在这里看香串。

为什么出现了这一系列的巧遇？我们知道，这一阶段贾宝玉和林黛玉互相试探，表白心迹已达到了烦躁不安的高潮。林黛玉对金玉姻缘极为敏感，时刻留心看贾宝玉和薛宝钗的举动。

薛宝钗坚信"金玉"之论，而且母亲已经向王夫人说破。又看到元妃所赐的东西，唯有她和宝玉的相同，她心里更有把握。但另一方面，她对贾、林二人的密切关系了若指掌，知道贾宝玉爱情的天平，是倒向林黛玉一边的。所以也不无担心，不能不做防范。

从他们一有机会就"机带双敲"，借题发挥，互相斗嘴，也可以看出在明争暗斗。作者寓有意于无形，虽是云海雾山，横峰侧岭犹有踪迹可辨。三回之中，这种"巧遇"竟有五次之多，我们由此可以得出结论：薛宝钗、林黛玉并非巧遇，而是有意跟踪，互相盯梢。

钗、黛情场"战术"得失

少女在爱情上最敏感，林黛玉、薛宝钗各自都关注着对方与贾宝玉的关系和态度。为了遏止对方与宝玉感情的发展，一有机会就"攻"一下对方，敲敲警钟，让她有所顾忌。但是二人在时机、场合的选择上是不同的，自然效果也不一样。

先看黛玉的做法：

第二十八回里，黛玉在贾母那里正跟史湘云说笑。宝玉、宝钗也来看望史妹妹，黛玉就问宝玉从哪里来，宝玉说从宝姐姐那里来，黛玉冷笑道："我说呢！亏了绊住，不然，早就飞了来了。"宝玉说："只许和你玩，替你解闷，不过偶然到他那里，就说这些闲话。"黛玉道："好没意思的话！去不去，管我什么事？又没叫你替我解闷儿！——还许你从此不理我呢！"当时湘云刚到，大概宝钗正和她寒暄，宝、黛二人斗嘴，贾母、湘云、宝钗都没插话，看来是没有听见，或者宝钗听到了故意装聋。

第二十八回里宝玉要看宝钗的香串，当宝钗从胳膊上向下退时，宝玉为宝钗的美貌所震惊，看呆了。宝钗交给他香串，他也忘了接。宝钗见他呆呆的，自己倒不好意思起来。起来扔下香串，回身才要走，只见黛玉正蹬着门槛，咬着绢子笑呢。宝钗说

薛宝钗羞笼红麝串（王钊《红楼梦》插图）

多情女情重愈斟情（王钊《红楼梦》插图）

她身子弱不要站在风口里。黛玉笑道:"何曾不是在房里来着?只因听到天上一声叫,出来瞧瞧,原来是个呆雁。"宝钗道:"呆雁在哪里呢?我也瞧瞧。"黛玉道:"我才出来,他就'忒儿'的一声飞了。"然后把绢子向宝玉扔去,正好打在他眼上,吓了宝玉一跳。问:"这是谁?"黛玉摇着头笑道:"不敢,是我失了手。因为宝姐姐要看呆雁,我比给她看,不想失了手。"黛玉心里酸溜溜的,总算出了气。开始宝钗没绕过弯来,还问了一句,等黛玉用绢子打了宝玉,对"呆雁"进一步发挥时,宝钗没有再说话。这一次只有他们三个人在场。

第二十九回,贾宝玉跟贾母查看清虚观道士送的礼物,发现一个金麒麟。贾母说这件东西好像谁家的孩子带着一个。宝钗笑道:"史大妹妹有一个,比这个小些。"贾母才想起来了,宝玉说他也没看见。探春笑道:"宝姐姐有心,不管什么都记的。"黛玉冷笑道:"他在别的上头心还有限,唯有这些人带的东西上,他才是留心呢。""宝钗听说,回头装没听见。"这次有探春、贾母在,但并无反映。

宝玉挨打后,袭人对宝钗说宝玉挨打与薛蟠也有关系。于是宝钗和哥哥发生了口角。薛蟠揭她与宝玉有私心,护着他。宝钗气得哭了一夜。第二天早上正巧遇到了黛玉。黛玉见她无精打采,眼睛好像哭过,大非往日可比。便在后头笑道:"姐姐也自己保重些儿,就是哭出两缸泪来,也医不好棒疮。"宝钗明知黛玉刻薄自己,但"她并不回头,一径去了"。这次只有她们二人。

再看宝钗对黛玉的做法。

在第二十五回里宝玉中了马道婆的魔法,精神失常。后来渐渐好转。醒过来知道肚子饿了。贾母王夫人才放了心。众姐妹们也都在外间听消息。知道宝玉清醒了。黛玉先念了一声佛,宝钗笑不言。惜春道:"宝姐姐笑什么?"宝钗道:"我笑如来佛比人还忙;又要度化众生,又要保佑人家病痛,都要速好;又要管人家的婚姻,叫他成就。——你说可忙不忙?可好笑不好笑?"一时黛玉红了脸,啐了一口道:"你们都不是好人!再不跟着好人学,只跟着凤丫头学的贫嘴贱舌的。"一面说,一面掀帘子出去了。当时众姐妹都在场。

第二十八回,大家在王夫人那里谈起给林黛玉配药的事,黛玉不高兴了。贾母让丫头来叫宝玉、黛玉去吃饭。黛玉不让丫头们等宝玉,自己就一个人走了。宝玉在王夫人这里吃饭,宝钗笑道:"你正经去罢。吃不吃,陪着林妹妹走一趟,他心里正不自在呢。何苦来?"饭后,宝玉忙着要走,探春、惜春都笑道:"二哥哥,你成日家忙的是什么?吃饭吃茶也是这么忙忙碌碌的。"宝钗笑道:"你叫他快吃了瞧黛玉妹妹去罢。叫他在这里胡闹什么呢?"在场的王夫人、探春、惜春自然都听到了。

还有一次。贾宝玉和林黛玉心里俱各有意,又都用假意试探,结果双方都想得太多,发生误会而口角。后来又都后悔。宝玉登门"赔罪"。这时凤姐正奉老太太之命前来打探二人是否和好,见宝、黛二人已解前嫌,遂拉了来见贾母,正好宝钗在那里。凤姐向贾母汇报二人和好的情况,自然宝钗都听到了。心中不知是什么滋味。不知趣的宝玉又问宝钗为何不去看戏,宝钗说怕热。宝玉搭讪笑道:"怪不得他们拿姐姐比杨妃,原也富胎些。"当面说她肥胖,宝钗很不高兴。登时红了脸,又不好意思发作,过了一会,越想脸上越下不来。便冷笑了两声,说:"我倒像杨贵妃,只是没个好哥哥好兄弟可以做得杨国忠的!"言下之意,林姑娘是有个"好哥哥"的。

这时,正巧小丫头靓儿的扇子不见了,和宝钗笑道:"必是宝姑娘藏了我的。好姑娘赏我罢!"宝钗指着厉声道:"你要仔细!你见我和谁玩过!有和你嬉皮笑脸的那些姑娘们,你该问他们去!"这就是第三十回借扇机带双敲,"你"当然是宝玉,"姑娘们"自然指林黛玉,看来,关于"杨妃"的火气还没消。

黛玉本来看到宝玉奚落宝钗,心中很得意,也想趁机取个笑儿。不想宝钗这一席话,黛玉就连忙改了口,问她听了两出什么戏。宝钗一看黛玉得意之态,知道是宝玉的话遂了她的心愿,便笑道:"我看的是李逵骂了宋江,后来又赔不是。"宝玉又笑着告诉宝钗这叫作"负荆请罪"。宝钗当然知道,故意让宝玉上钩,于是宝钗笑道:"原来这叫'负荆请罪'!你们通今博古,才知道'负荆请罪',我不知道什么叫'负荆请罪'。"宝玉、黛玉二人脸都羞红了。当时贾母、凤姐都在场。

现在我们可以拿黛玉、宝钗言词的"弦外之音"做一个比较了。

首先,黛玉刻薄宝钗和宝玉的关系,只不过是要些小聪明,在言词上争强好胜,只图一时痛快,不讲效果,嘴虽然比刀子还厉害,言词机警,但这四次,在场的人却很少,第一次虽然有贾母、史湘云在，算是公开场合，可惜二人又没听到她的话，起码没引起她们的关注，第二次仅有她和宝玉、宝钗三个当事人，"呆雁"的讥讽可以说没在贾府产生任何舆论效果。第三次，贾母、探春在场。因宝钗装没听见黛玉也不好再说，不了了之。再者她说的话也太隐晦，让人不易理解。第四次只有她和宝钗的对话，只能使宝钗难受，自己泄泄愤。宝钗很担心人们发现他对宝玉的感情秘密，这一点讳莫如深，怕形成舆论，那样她的最终目标就要落空。黛玉也看到了这一点，总想揭她一下，让隐私曝曝光，但是每一次都没选好时机和场合，没有人听到她的张扬，或者不理解其弦外之音，所以对宝钗的声誉没丝毫影响。

黛玉只满足于一时的小胜，给别人一点小小不快，自己增加点快意也就心满意足了。于大事无补。没取得社会效果。

薛宝钗就不同了。她三次旁敲侧击都是在人比较多的公开场合讲的，别人都听到了。第一次是众姐妹在场，而且引而不发，等惜春问的时候她才讲，自然就吸引了"听众"的注意力。宝玉病情好转，黛玉念佛保佑，宝钗讥笑她说佛祖太忙，又要度化众生，又要保佑人的病痛快快痊愈，这是合乎逻辑的，但是又说还要管人家的婚姻成功，这就是生拉硬扯了。这是宝钗借题发挥，有意张扬宝、黛不能公开的关系。第二次宝钗两次赶宝玉去找林妹妹，也是在公开场合。宝玉刚吃了饭要走，探春、惜春不理解，宝钗故意点破："你叫他快吃了瞧黛玉妹妹去罢。叫他在这里胡闹什么呢？"言外之意：宝玉根本无心和咱们在一起，他心里只有林妹妹，叫他快找她胡闹去。又把宝、黛的特殊关系公布于众。第三次更明显，她本来就有醋意，加之宝玉、黛玉不得体的话，使她大为光火，用什么"好哥哥好兄弟"只有"你们"知道什么是"负荆请罪"等话，把二人的关系说得更彻底。当时在场的人不少，凤姐首先感到了"火药味"，说："这么大热的天，谁还吃生姜呢？""既没人吃生姜，怎么这么辣辣的呢？"，宝钗的话取得了效果。

总之，宝钗"攻"黛玉、宝玉都是在公开场合，而且要让人们听到。给人传递着信息——宝、黛是有私情的。这是公开的告密，希望引起贾府主子的注意，及早防范。

其次，黛玉和宝钗对待对方"攻"时的反应也不同。对不利于自己的传闻，在未公开化以前，最好装聋作哑，如果出面辩白，有时反而会越抹越黑，搞成此地无银三百两。林黛玉就没掌握好这一点，她嘴上不让人，不遑其他。宝钗笑她念佛，本来可以不予理会或王顾左右而言她，她却偏偏沉不住气，不但红了脸，还啐了一口，还了几句。这正是宝钗巴不得的。引蛇出洞，黛玉自己暴露自己，客观上不打自招地承认了她和宝玉的不寻常关系。更失策的是她又马上离开了。别人看来不是"做贼心虚"吗？同时又给众姐妹提供了一个背后议论的机会，无形中扩大了影响。

宝钗在这点上又比黛玉处理得高明。遇到这种情况她不还嘴，尽量缩小"事态"，所以除了"呆雁"问题，她一开始不了解黛玉用意问了一句外，其他场合都不回击，似乎与己无关，如林黛玉讥刺她关心人家带的东西。她就回头装没听见。这时候要"装愚",缩小影响。善战者不怒,小不忍则乱大谋,经得住对方挑逗,审时度势。如何对自己有利,就怎样做,不计较一时胜败得失。

林黛玉凭感情做事,自控能力差。薛宝钗凭利害做事,自控能力强,所以黛玉没有远虑,大事不成;宝钗着眼长远,大功告成。在争取与宝玉的结合上,林黛玉是不避嫌疑,企图通过与宝玉感情的不断加深,造成既成事实的舆论,而取得贾府对她和宝玉关系的认可,她主要是个人奋斗,孤军奋战。她失败了,因为封建婚姻不重视感情,更不同意私订终身。

薛宝钗不同,她要以封建的妇德约束自己(有时还要故意远着宝玉),通过舆论对她个人品性的肯定,促使贾府对她和宝玉的结合做出决定,水到渠成,按照父母之命,媒妁之言,冠冕堂皇地达到目的,她胜利了,因为封建婚姻是看重三从四德的。宝钗越掩盖自己的感情,人们越觉得她稳重端庄。将欲废之,必将兴之,她越张扬宝、黛的亲密关系,越使二人被动,越被贾府的主子们注目,对黛玉的声誉越不利。对宝钗来说,则显得自己"思无邪",用毫无拈酸之意来表明自己和宝玉关系正常,为人正派。也就为她的秘密情感和精神世界涂上了一层保护色。退一步进两步,曲线进取,一箭双雕,大匠不斫,大庖不豆,在情场上,薛宝钗是战术是成功的。

黛玉（周权《红楼十二钗图》）

宝钗（周权《红楼十二钗图》）

无根柳絮借"好风"
——薛宝钗的情场"战略"

《红楼梦》第七十回大观园的姑娘们在一起作柳絮词。湘云、探春、宝玉、黛玉、宝琴等人写的都难逃伤春悲凉旧调,薛宝钗见解独到:"我想柳絮原是一件轻薄无根的东西,依我的主意,偏要把他说好了,才不落套。"于是写了一首翻案的〔临江仙〕,最后三句是:"韶华休笑本无根,好风凭借力,送我上青云。"这好像是薛宝钗个人环境地位和勃勃野心的写照。

薛宝钗是来投靠贾家的,就此住下,贾府外姓人中只有薛宝钗和林黛玉是常住的亲戚。黛玉是贾母的嫡亲外甥女,薛宝钗不过是王夫人的姨甥女。从血缘关系的亲疏看,她是比不上林黛玉的。在众姐妹中她算是"本无根"的。但是"休笑本无根",她不安心命运的安排,不但要扎下根来,而且还要凭着"好风"之力,送她上青云。然而"好风"从哪里吹来呢?她知道要靠自己的努力制造"好风",创造一个送她上青云的环境,实现自己的夙愿。这就决定了她的情场战略。

贾府是阴盛阳衰,掌权的是女人们。贾母是老祖宗,虽然在颐养天年,不问细事。但是在大事上是能一锤定音的,是族权的

史湘云偶填柳絮词（《红楼梦》年画）

象征。

元春做了妃子，地位改变，话就成了旨谕，也就有了分量，贾府是要听的。大观园的匾额题名由她说了算，她让众姐妹搬进去，大家才敢搬。她在贾府是皇权的象征。

贾府是王氏姑侄掌权，王夫人是实权派，王熙凤是"秘书长"。贾宝玉的婚姻大事，贾母、元妃、王夫人的意向是极其重要的，谁赢得了她们的欢心，谁就有希望成为宝二奶奶。薛宝钗看清了贾门女将决定着舆论的风向，她必须借助这股定乾坤的风力。

第二十二回贾母要为宝钗庆生日，事先问她爱听什么戏，爱吃什么东西，"宝钗深知贾母年老之人，喜热闹戏文，爱吃甜烂之物，便总依贾母素喜者说了一遍。贾母更加喜欢。"

年老人爱困倦，热闹戏文提精神。年老齿缺，自然爱吃甜烂食品。热闹戏文和甜烂食品很多，薛宝钗又从中选点发"贾母素喜者"。投贾母之所好，自然贾母就会感到薛姑娘与自己情趣相投有缘法，能体贴老人。宝钗来后，她本来就"喜她稳重和平"，这次自然"更加喜欢"。

生日那天，宝钗点了热闹戏文《西游记》和《山门》，贾母"自是喜欢"。当时贾宝玉发表意见说："你只好点这些戏。""我从来怕这些热闹戏。"宝玉太实在了，他哪里知道宝姐姐的苦心呢。

第三十五回里宝钗当着贾母的面说："我来了这么几年，留神看起来，二嫂子凭他怎么巧，再巧不过老太太。"贾母自然高兴，并说："凤儿嘴乖，怎么怨得人疼他。"宝玉这时想趁机让老太太夸奖一下林黛玉，于是说："要说单是会说话的可疼，这些姐妹里头也只凤姐和林妹妹可疼了。"谁知贾母根本不理这茬，早已有了定评："提起姐妹，不是我当着姨太太的面奉承：千真万真，从我们家里四个女孩儿算起都不如宝丫头。"王夫人也补充说："老太太时常背地里和我说宝丫头好。"这里，贾母说的"我们家里四个女孩"是包括林黛玉在内的。元春已进宫成了皇妃，自然不算在内，也不能拿她和宝钗比。在贾母心中薛宝钗是压倒群芳，一枝独秀，林黛玉比不上。薛宝钗的苦心终见效果。

再看薛宝钗在元妃身上下的功夫。元春从宫中送出几个灯谜来，让大家猜。宝钗"近前一看，是一首七言绝句，并无新奇，口中少不得称赞，只说'难猜'，故意寻思，其实一见早猜着了。"元春才情不如宝钗，由于地位身份的差别，宝钗只得"装愚"：无新奇而少不得称赞，早猜中而只说难猜，故意寻思，在皇权面前的谦恭，分寸地步掌握得何等得体！自然讨人喜欢。所以在端午节元妃赐节礼时（第二十八回），独她和宝玉的礼物是同一等级，黛玉、迎春、探春、惜春都比她少，是另一等级。贾宝玉觉得很奇怪："这是怎么个缘故？怎么林姑娘倒不和我的一样，倒是宝姐姐和我一样？别是传错了吧。"袭人告诉他都是一份份写着签字的，不会错。

按照中国的传统看法，父系的亲戚要比母系的更亲近。宝玉也跟林黛玉说过："咱们是姑舅姐妹，宝姐姐是两姨姐妹，论亲戚也比你远。"如果元春赐物没有他意，众姐妹就应当一视同仁，或者宝玉、黛玉相同，或者宝玉、黛玉、宝钗三人相同。元妃省

听曲文宝玉悟禅机(王钊《红楼梦》插图)

制灯谜贾政悲谶语（王钊《红楼梦》插图）

亲时，赐的礼物，当时，宝钗、黛玉和众姐妹都是一个等级，不分厚薄。因为那时宝、钗、黛三人关系还不明朗。现在却一反常规，这就不能不说大有深意了。从宝玉感到反常来看，说明他也体会到赐物非比寻常。宝钗"因往日母亲对王夫人曾提过'金锁是个和尚给的，等日后有玉的方可配为婚姻'等话。所以总是远着宝玉"。

这次元春赐的东西，独他和宝玉一样，心里越发没意思起来。她是很敏感的，她体会到了这是元春对宝玉和她的关系的认定。"猜谜"式的做人技巧，终于有了理想的收获。

王夫人身边的丫头金钏因为和宝玉说了句玩笑话，被王夫人打了一个耳光赶出了大观园，几天之后投井自杀。这桩逼死丫头的丑闻对贾府声誉很不利，王夫人脸面上过不去，心理上有压力。宝钗去看王夫人。王夫人为了掩盖"家丑"，只说金钏把一件东西弄坏了，打了她两下子，就投井了。"岂不是我的罪过！"宝钗笑道：

> 姨娘是慈善人，固然是这么想；据我看来，他并不是赌气投井，多半他下去住着，或是在井旁边玩儿，失了脚掉下去的。他在上头拘束惯了，这一出去，自然要到各处去玩玩逛逛儿，岂有这样大气的理？纵然有这样大气，也不过是个糊涂人，也不为可惜。

这真是一粒绝妙的顺心丸。王夫人感到内疚，有罪过。薛宝钗却说：姨娘无过，因为太慈善才这么想，是主动承担了不应当自己负责的责任。她为什么这样说呢？薛宝钗知道要翻这桩命案，就要从判定死因这个根本问题上下手：是自己失足落水还是被逼自杀。她判定是前者，这就使王夫人得到了解脱。

但是不管怎么说，金钏终究是在被王夫人赶走后死的，为了使王夫人彻底摆脱干系，她又尽力淡化金钏赶出大观园后的痛苦：似乎金钏更加自由自在了，没有管束了，到处玩玩逛逛，比在大观园里还舒服，那里还会使气投井！如果真的是自杀，那也是个糊涂人，应由自己负责。总之，金钏之死是偶然事故。

可是王夫人仍感到不安："虽然如此，我到底心里不安。"宝钗笑道："姨娘也不劳关心，十分过不去，不过多赏他几两银子，发送他，也就尽了主仆之情了。"她知道王夫人至此已无别路可走，肯定是用钱买一个主仆情深的心理平衡，买一点自我安慰，你要睡觉我就送一个枕头，正中下怀。果然，王夫人已经给了金钏母亲五十两银子了。还想从众姑娘那里找两件新衣裳送殓装裹。

> 谁知可巧都没有什么新做的衣裳，只有你林妹妹做生日的两套。我想你林妹妹那孩子，素日是个有心的，况且他也三灾八难的，既说了给他做生日，这会子又给人去装裹，岂不忌讳？因这么看，我才赶着叫裁缝赶着做一套给他。……

宝钗连忙接上去说：

姨娘，这会子何用叫裁缝赶去，我前日刚做了两套，拿来给他，岂不省事，况且他活着的时候也穿过我的旧衣裳，身量也相对。

王夫人问她："虽然这样，难道你不忌讳？"宝钗笑道：

姨娘放心，我从来不计较这些。

王夫人说别的姑娘都没有新衣裳，独独黛玉有两件，"可巧"宝钗也有两件，黛玉有什么，她就有什么。黛玉有两件，她就有两件。王夫人刚说担心林黛玉忌讳，薛宝钗马上说她不计较。林黛玉有新衣，王夫人不敢开口，作了难；薛宝钗有新衣主动送上门，不需王夫人开口，就解了燃眉之急。王夫人本来想用黛玉的衣裳装裹金钏，可见金钏是瘦弱苗条型。薛宝钗却说金钏生前穿过她的旧衣裳，身量也相当。那么，金钏的身材怎么又成了丰满型？难道王夫人对身边的丫头还不如宝钗了解吗？所以，我们对薛宝钗两件新衣裳的"新"是可以打问号的，是因为黛玉有她才"有"的。金钏穿起来是不是"相当"，也是值得怀疑的，但目的达到了：跟林黛玉做了鲜明对比。

在金钏之死这件事上，她是一个好"师爷"。开脱了姨妈的罪责，提出了处理后事的办法，解决了送殓的困难。最后的结果是比下去了林黛玉。

在谈论金钏之死的过程中,王夫人心情很不好。宝钗却总是"笑道""笑道""笑道",千方百计把事情说得淡而又淡,造成一种轻松的气氛,减少王夫人的心理负荷。如此知疼知痒的体贴劝慰,薛宝钗在王夫人心目中的砝码自然加重了。

上面的风向是按照薛宝钗的理想吹拂的,那么下面的风呢:群众的舆论呢?她同样占了先,她要姐妹们的帮衬。

史湘云要做东道起诗社。做东就要花钱,薛宝钗了解湘云囊中羞涩,她提出自己当铺伙计地里产好些上等螃蟹,可以拿来以史湘云的名义请上下老小吃螃蟹赏桂花,然后她们再作诗。如此,湘云就可以借花献佛,一文不花,办一期诗社。湘云听了"心中自是感服,极赞:'想得周到!'"宝钗又说这样做完全是一片真心为湘云,千万别多心。湘云更是感激:"我凭怎么糊涂,连个好歹也不知,还是个人吗?我要不把姐姐当亲姐姐待,上回那些家长烦难事,我也不肯尽情告诉你了。"在此之前,她就对花袭人说过:

> 我天天在家里想着,这些姐妹们,再没有一个比宝姐姐好的。可惜我们不是一个亲娘养的:——我但凡有这么个亲姐姐,就是没了父母,也没妨碍的!

她对林黛玉是怎样看的呢?林黛玉学她秃舌子,嘲笑别人的生理缺陷最伤人的自尊心的。史湘云自然很不高兴,说:

>他再不放人一点儿，专会挑人。就算你比世人好，也不犯见一个打趣一个。

后来，史湘云给宝玉做的一个扇套，让林黛玉铰了。花袭人又央她给宝玉做东西，史湘云说："这越发奇了。林姑娘也犯不上生气，她既会剪，就叫她做。"

一次，宝钗去看宝玉，宝玉睡午觉，袭人坐在身旁做针线，袭人有事出去了，宝钗就接过她的话计坐在宝玉身旁做起来。正巧黛玉从窗外过，都看到了，又叫来湘云，湘云"才要笑，忽然想起宝钗素日待他厚道，便忙掩住口，知道黛玉口里不让人，怕他取笑，便忙拉过他来。"借故把黛玉拉走了，很明显湘云是偏袒宝钗的。她把家里不便向外人说的烦难事只告诉宝钗一人，把她看作亲姐姐，甚至没了父母也没关系。湘云的立场态度是很明朗的。

连被人看不起的赵姨娘，薛宝钗的人情也做到了。薛蟠从外地带了些东西来，宝钗分送给大家，也有贾环一份，赵姨娘受宠若惊，想道：

>怨不得别人都说那宝丫头好，会做人，很大方。如今看起来，果然不错！他哥哥能带多少东西来？他挨门儿送到，并不遗漏一处，也不露出谁薄谁厚，连我们这样没时运的，他都想到了；要是那林丫头，他把我们娘

史湘云(周权《红楼十二钗图》)

们儿正眼也不瞧,哪里还肯送我们东西。

赵姨娘的天平上也是薛重林轻。

丫鬟仆人们对薛宝钗更是一片赞扬。有一次花袭人对薛宝钗发牢骚,说:"姐妹们和气,也有个分寸,也没个黑天白日闹的!凭人怎么劝,都是耳旁风。"这里指的是宝玉和黛玉。"宝钗听了心中暗忖道:'倒别看错了这个丫头,听他说话,倒有些见识。'"

她知道像花袭人这样的宝玉贴身大丫头在老太太、太太面前是说进话去的人,必须下番笼络功夫。"宝钗便在炕上坐了,慢慢地闲言中,套问他年纪家乡等话,留神观察其言谈志量,深为敬爱。"于是她代袭人为宝玉做针线,劝宝玉留心仕途经济。这些都深深打动了袭人。袭人果真对她做出了有利的评论,并和林姑娘做了比较。一次史湘云也给宝玉讲仕途经济,被宝玉下了逐客令。花袭人连忙劝解,说宝姑娘也曾遭他奚落过。

> 幸而是宝姑娘,那要是林姑娘,不知又闹的怎么样,哭的怎么样呢!提起这话来,宝姑娘让人敬重,自己过了一会子去了,我倒过不去,只当他恼了,谁知过后还是照旧一样,真真是有涵养,心地宽大的。

在探春、李纨、宝钗"三驾马车"代替王熙凤治理大观园时,宝钗确实表现了她的管理才干。在她"小惠全大体"对管理

大观园"承包责任制"的众老婆子们的一番长篇讲话中,恩威并施,以理服人,以利动人,感动得老婆子们都欢喜道:

  姑娘说得很是,从此姑娘奶奶只管放心。姑娘奶奶这么疼顾我们,我们要再不体上情,天地也不容了。

  林黛玉就不会做人。她讽刺刘姥姥是"老蝗虫",当面叫宝玉的奶妈李嬷嬷"老货",所以李嬷嬷就说林黛玉"真真林姐儿说出一句话来,比刀子还厉害"。在滴翠亭上,薛宝钗听了小红和坠儿的私房话。二人很担心,小红说:

  要是宝姑娘听见也罢了,那林姑娘嘴里又爱刻薄人,心里又细,他一听见了,倘或走漏了,怎么样呢?

  下人们总是把薛姑娘和林姑娘对比,结果林黛玉总处于劣势,薛姑娘有口皆碑。下面的风也向青云推着薛宝钗。
  舆论抬起了薛姑娘,舆论压下了林姑娘。"无根"的生了根,有根的没了根。舆论扼杀了贾宝玉、林黛玉,舆论造就了薛宝钗。林黛玉不是说过:"但凡家庭之事,不是东风压了西风,就是西风压东风?"现在是薛风压倒了林风了。上下风的合力,把薛宝钗送上了青云,把林黛玉送进了地狱。
  薛宝钗胜利了,终于"出闺成大礼",由薛姑娘变成了贾家的二奶奶。然而她获得幸福了吗?没有!宝二奶奶的交椅得到了,爱情的幸福却是无缘的。真真应了第六十二回猜拳行令时说的"敲断玉钗红烛冷"了,新婚不久的新娘很快成了身怀六甲的新寡,李纨稻香村的冷清悲苦孤独的生活在等待着她。笃信封建礼教并为之身体力行者,却被封建礼教吞噬了青春,她制造的"好风"把她送上去又摔下来,这真是绝妙辛辣的讽刺,也是更深刻的悲剧。

舆论扼杀贾宝玉

《红楼梦》里的贾宝玉最后是离家出走了,是在爱情失意之后,是在众艳星流云散看破红尘之后。他是胜利者,因为他终究没屈服,终于脱离了仕途经济的轨道,使父母让他光宗耀祖的打算落了空。他是失败者,在封建社会的铜墙铁壁前显得那样软弱无力。虽然"终不忘世外仙姝寂寞林",但到头来还是"空对着,山中高士晶莹雪"。他的失败原因是多方面的,是必然的。然而舆论却早已判了他"死刑"。

在家庭里他被看作"逆子",将来会"弑父弑君"。是"孽根祸胎","混世魔王","一时甜言蜜语,一时又有天没日","疯疯傻傻"。社会舆论怎么样呢?最典型的当推兴儿和傅试家的两个嬷嬷的评论。兴儿的评论代表了贾府奴婢们的看法:

> 成天家疯疯癫癫的,说话人也不懂,干的事人也不知。外头人看清俊模样儿,心里自然是聪明的;谁知里头更糊涂。……再者,也没个刚气儿。有一遭见了我们,喜欢时,没上没下,大家乱玩一阵,不喜欢,各自走了,他也不理人。我们坐着卧看,见了他也不理他,

他也不责备。因此没人怕他,只管随便,都过得去。

傅试家的两个嬷嬷代表了贾府外的社会舆论:

> 怪道有人说他家的宝玉是相貌好,里头糊涂,中看不中吃,果然竟有些呆气。他自己烫了手,倒问别人疼不疼,这可不是呆了吗?"那个又笑道:"我前一回来,还听见他家里许多人说,千真万真有些呆气;大雨淋得水鸡儿似的,他反告诉别人'下雨了,快避雨去罢'。你说可笑不可笑?时常没人在跟前,就自哭自笑的;看见燕子就和燕子说话,河里看见了鱼就和鱼儿说话,见了星星月亮,他不是长吁短叹的,就是咕咕哝哝的。且一点儿刚性也没有,连那些毛丫头的气都受到了,爱惜起东西来,连个线头儿都是好的,糟蹋起来,哪怕值千值万都不管了。

社会上下都判定贾宝玉是疯子,按照封建社会的伦理道德,这种结论是自然的,是世人的共同偏见。

贾宝玉对仕途经济、科举功名以及女子命运等等都有自己离经叛道的观点。自然和一般人没有共同语言,所以"说的话人也不懂"。他按照自己的思想逻辑行事,我行我素,超出了封建社会的一般常规,像晋人王子猷雪夜拜访朋友戴安道一样,兴致来了,夜间冒雪乘舟而去,到了戴的门前,兴致已过,不入门而返,这种任情自我的行动,世人是无法理解的。所以贾宝玉"干的事人也不知"。自己烫了手淋了雨而忘我的关心别人,却被讥为"呆""可笑""糊涂"。世人不知我,精神受到极大压抑,于是自哭自笑,见燕子和鱼儿即生感慨,望星月而浮想联翩。一个极端苦闷孤独"行为偏僻性乖张,哪管世人诽谤"的高层次的灵魂,世俗的眼光无论如何是无法理解的。与下层人相处平等对待,反被下层人讥笑为"没刚性儿","没上没下",我们本来是奴隶不应该与主人平等的。你要和他平等,他倒认为你失掉了尊严,这是多么可悲的事实。

世人皆醉我独醒,倒挂着的蝙蝠看世界是颠倒的。站着看世界的人,反倒被看作呆子。不进化的猿猴硬要把人捺下头来爬着走,世界没有异端,于是天下太平。

鲁迅在《狂人日记》里以狂人的口气这样说过,吃人的世界"预备下一个疯子的名目罩上我。将来吃了,不但太平无事,怕还有人见情"。孙中山要革命,被看作疯子。金圣叹敢想人之不敢想,敢道人之不敢道而被杀了头。李贽敢于非孔孟和程朱理学,视为"异端"。

舆论造好了,然后再动手,各界没话说,贾宝玉被整个封建社会的舆论包围了,到处都在讥笑他是疯子、呆子,千夫所指,众口一词,人言可畏,贾宝玉终于被挤出了这个安分守己人的世界。

尤三姐道出了贾宝玉悲剧的真正原因"不大合外人的式"。

一石激起千层浪

贾府曾发生过一次抄检大观园的事件。起因是傻大姐拾到一个绣春囊。让邢夫人拿到了。为争夺权势，邢夫人想借机整一下贾府的实权派王夫人和王熙凤，证明她们治家无方，出了有伤风化的事。而王夫人要化被动为主动，乘机搜检大观园，整顿纲纪，对大观园的丫鬟们进行一次大搜查，大清洗。

一石激起千层浪，通过这次大风浪，曹雪芹使我们有机会对大观园的主子、奴婢的性格做了一次大检阅。围绕这一事件，各自亮了相。

王夫人站在卫道者的立场，坚决发动这次大清查。王熙凤显示了她的两面派手法，一方面支持搜检，一方面出于跟婆婆邢夫人的矛盾，又抱着消极应付，瞧热闹的态度。

王善保家的是邢夫人耳目，一心讨好主子，公报私仇，一马当先，异常积极。

再看看大观园小姐、丫头的个性和表现。

贾宝玉的大丫鬟袭人"自己先打开了箱子并匣子，任其搜检"。服服帖帖接受检查。晴雯白天受了王夫人的训斥，一腔怒火,无处发泄。王善保家的搜查时。只见晴雯挽着头发闯进来,"豁啷"一声,将箱子掀开,两手提着底子,往地下一倒,将所有之物尽都倒出来。

王善保家的弄得很没趣。但又心有不甘,拿出王牌,说是"奉太太的命来搜查"。

晴雯听了这话,越发火上浇油,便指着他的脸说道:"你说你是太太打发来的,我还是老太太打发来的呢!太太那边的人我也都见过,就只没看见你这么个有头有脸大管事的奶奶!"

充分展现了晴雯性情的刚烈。

王熙凤"见晴雯说话锋利尖酸,心中甚喜"。并在一旁阴阳怪气地对王善保家说:"你可细细地查,若这一番查不出来,难回话的。"完全一副幸灾乐祸的心态。

查到林黛玉那里,丫鬟紫鹃镇静处之,言谈之间流露不满。

自尊心特别强的探春,"命众丫鬟秉烛开门而待"。对王善保家和王熙凤极尽挖苦讽刺之能事。而且打开了所有箱笼器物。声言自己就是头一个"窝主",丫头的赃物都在自己这里藏着呢。只能搜我的东西,不能搜检丫鬟。

王善保家的不知好歹,趁势作脸,竟上前拉起探春的衣袖,故意一掀嘻嘻地笑道:"连姑娘身上我都翻了,果然没有什么。"结果一语未了,"啪"的一声,挨了探春一巴掌。探春登时大怒指着王善保家的大骂:

你是什么东西敢来拉扯我的衣裳!我不过看着太太的面上,你又有几岁年纪,叫你一声"妈妈";你就狗仗人势,天天作耗,在我跟前逞脸。如今越发了不得了！你索性望我动手动脚的了！

说着就要解扣子，让凤姐细细地翻，"省的叫你们奴才来翻我！"

探春的名分观念，小姐脾气表现得淋漓尽致，跃然纸上。

来到惜春房中，"因惜春年少，尚未识事，吓的不知当有什么事故。"又在惜春丫头入画箱子里发现了可疑的东西，惜春生怕受到牵连，她不像探春那样袒护丫鬟，而是不管丫头的处境、下场如何，尽量划清界限，把丫头入画推出去。入画做了解释，主子惜春还是无情地对王熙凤说：

  嫂子别饶他，这里人多，要不管了他，那些大的听见了，又不知怎么样呢。嫂子要依他，我也不依！

写出了惜春年幼，胆小怕事，不知如何处置突发事件的慌乱，没主意，手足无措。

在迎春丫头司棋那里，搜出了她和表弟的定情之物和书信。这司棋却是王善保家的外孙女，王善保家的大搜检，没想到引火烧身了。

王（善保）家的只恨无地缝可钻。王熙凤得意了，只瞅着她，抿着嘴儿嘻嘻地笑，对周瑞家的说：

  这倒也好。不用他老娘操一点心儿，鸦雀不闻，就给他们弄了个好女婿来了。

结果弄得王善保家的自己打脸。

然而司棋却低头不语,"并无畏惧惭愧之意"一句话显示了司棋临危不乱,镇静自若,敢作敢当的成熟。

搜检大观园这一事件,王善保家的、王熙凤、平儿、周瑞家的带领读者夜晚走了一趟大观园。通过搜检大观园这故事一线索,串联起许多人物,她们像走马灯一样,一个个在读者面前亮了相,展现了她们的个性,展示了她们对搜检的态度和言谈举止,这一切又无不符合她们的身份、地位和性格。反过来,又更加丰满了她们的形象。

宝玉挨打,也是轰动大观园的一大事件,引起很大波澜。围绕这件事,每一个人的看法、立场、态度各不相同。都符合他们的身份、地位。又一次展现了各自的性格特点。

贾政正家法,是贾政担心贾宝玉不走仕途经济的道路,将来会"弑君弑父",断了贾府的仕宦之家的香火,必须让他改邪归正。王夫人也认为该管一管,只是自己年已五十,只此一根独苗,打得太狠,万一有个好歹,将来无依无靠。贾母更是一味护着宝玉,对贾政是不停地挖苦讽刺。

花袭人想,教训一下贾宝玉也好,借这个机会,让宝玉迷途知返,改弦更张。但又怕打得太重,落下残疾,将来自己没了依靠。

薛宝钗心疼宝玉挨打,还带了外敷的药来。她希望他在"外头大事上做工夫",劝说宝玉:"早听人一句话,也不至有今日!别说老太太、太太心疼,就是我们看着,心里也——"刚说了半句但是"又忙咽住,不觉眼圈微红,双腮带赤,低头不语了"。

情不自禁地表露了真情。同时表现了薛宝钗善于抑制感情,冷热不露于外,做事精细周到的特点。

林黛玉却恰恰相反。一进来就推宝玉,悲切之声,将宝玉从梦中惊醒。两个眼睛肿得跟桃儿一般,满面泪光。她感情外露,情真意切,不避嫌疑。

宝玉不屈的叛逆性格,在这次被打中,也得到了更充分的表现。

人物立体化的透视

心理活动是小说人物行动的指南，是人物形象的透视机，深刻细致的展现人物的内心世界，能让人物形象立体化，更丰满。在中国古典小说中少见大段的心理描写，而《红楼梦》是一个例外。

第三十二回，林黛玉听到贾宝玉背地里对史湘云、袭人称赞她从来不说"仕途经济"的"混账话"，作者这样描写了林黛玉的内心活动：

> 黛玉听了这话，不觉又喜又惊，又悲又叹。所喜者：果然自己眼力不错，素日认他是个知己，果然是个知己；所惊者：他在人前一片私心称扬于我，其亲热厚密，竟不避嫌疑；所叹者：你既为我的知己，自然亦可为你的知己，既你我为知己，又何必有"金玉"之论呢？既有"金玉"之论，也该你我有之，又何必来一宝钗呢？所悲者：父母早逝，虽有铭心刻骨之言，无人为我主张；况近日每觉神思恍惚，病已渐成，医者更云

"气弱血亏,恐致劳怯之症"。我虽为你的知己,但恐不能久待;你纵为我的知己,奈我薄命何!

贾宝玉一句话,惹得林黛玉喜、惊、悲、叹,千回百转。复杂、矛盾、曲折,瞻前顾后,想前思后,时喜时忧的心理状态,细致绵密地呈现出来。

林黛玉思虑周密细致,反复掂量,既庆幸自己找到了知己,又担心"金玉"的天命之论;庆幸找到了知己,又可怜双亲早逝,无人安排撮合;庆幸找到了知己,又担心自己身体,无缘消受这份幸福。

这段心理的描绘,直接写出了她真实的心声,将她平时的思虑和盘托出,不像她和贾宝玉互相试探的言语行动那样扑朔迷离,雾里看花。同时也找到了她平日一些言行的源流。

这就是典型的寄人篱下、多愁善感、多情多病身的林黛玉,使林黛玉的人物形象更有血肉,更立体化了。

第二十七回,薛宝钗去找林黛玉,却看见贾宝玉先进去了,左思右想,就不去了,抽身回来,去找其他姊妹去。这时忽然看见面前一双玉色蝴蝶,于是就用团扇扑蝶。一直追到滴翠亭上,于是听到了亭子了两个丫头男女私情的对话。她们怕有人听见,正准备打开槅子,便于瞭望。

宝钗外面听见这话,心中吃惊,想道:"怪道从古至今那些奸淫狗盗的人,心机都不错!这一开,见我在这里,他们岂不臊了?且说话的语音,大似宝玉房里小红的言语。她素日眼空心大,是个头等刁钻古怪的丫头,今儿我听了她的短儿,"人急造反,狗急跳墙",不但生事,而且我还没趣。如今便赶着躲了,料也躲不及,少不得要使个"金蝉脱壳"的法子——犹未想完,只听"咯吱"一声,宝钗便故意放重了脚步,笑着叫道:'颦儿!我看你往那里藏!'一面说一面故意往前赶。

等小红、坠儿出来,宝钗又故意问看到黛玉没有?并说她看见黛玉在这里蹲了半天了。还进亭子里找了找。两个丫头真让她欺骗了,怀疑她们的私房话让林黛玉听去了。

这段薛宝钗的心理活动,处处表现了她为人圆通、明哲保身、不开罪与人(哪怕是下人奴婢)的性格特点。同时也展现了她遇事冷静,随机应变的能力。

心理活动是行动的指南,当即决定要"金蝉脱壳",而且马上把林黛玉做了"替死鬼",让林黛玉莫名其妙地背了黑锅。把看到贾宝玉去潇湘馆的一肚子醋水都泼了出来。

后 记

"文化大革命"期间,批判传记小说《刘志丹》有句"名言":利用小说进行反党,是一大发明。套用这句话,也可以这样说:自1949年起,把古典小说当作政治斗争工具,是一大发明。新中国成立初期围绕《红楼梦》研究的批判,把学术问题硬往政治上拉。"文革"中对《水浒传》评价,利用所谓招安、宋江投降派问题,生拉硬扯,借题发挥,含沙射影当时的政治斗争。

学术问题,如果意见与主政者相左,就上纲上线,不但在学术上压制,在政治上也让你身败名裂。分析作品的思想内容,手执一支笔,战战兢兢。只能按照"一家之言"的标准答案,炒冷饭,嚼甘蔗渣。

"文革"之后,作者仍然心有余悸,而鹦鹉学舌,又于心不甘。因之为避开思想分析这一雷区,评论古典文学名著,多半言不及"义",侈谈"风月"。于是在《红楼梦学刊》发表了《论〈红楼梦〉的景物描写》,在《名作欣赏》连载了《〈红楼梦〉欣赏琐拾》。今合而为《〈红楼梦〉拾趣》。

《红楼梦》与《水浒传》《三国演义》《西游记》不同,后三书之所以引人入胜,与它们惊险离奇复杂的故事情节大有关系。而《红楼梦》主要不是以故事取胜,少有轰轰烈烈大事件,写的多是贵族生活，家常琐事。所以必须反复咀嚼，细细品味，才能于无声处听惊雷，于平凡处见奇崛。在人物语言中聆听弦外之音；从行动细微处找到内心活动。由居住环境、好恶看出人物性格——稍有粗心，则错过一个精心的安排；一不留意，则不知作者用心之良苦。这本小册子，就是本着发幽探微、细致解剖的要求，力避大而化之，人云亦云。力争见微知著，从人物言论行动故事的细节中寻找，发现其艺术魅力之所在。探讨《红楼梦》之所以感人至深之道，

此次将《〈红楼梦〉拾趣》收入格致文库，为了本书结构的统一，将《论〈红楼梦〉的景物描写》重新组合，在文章标题、结构方面都做了改变调整。

本书只是作者一己之见，内容鸡零狗碎，不敢比肩于红学家之鸿篇巨著，如能给《红楼梦》读者有万一之启迪，则幸甚，幸甚。

李延祜
2017年4月7日于北京

格致文库书目

林　鹏	《梦里家山》	21.00元
韩　羽	《信马由缰》	29.00元
李国涛	《目倦集》	25.00元
邢小群	《经典恽动》	25.00元
李新宇	《故园往事·一集》	25.00元
黄永厚	《渐江和我们》	20.00元
刘广定	《读红一得》	20.00元
徐庆全	《他们无时代》	20.00元
李新宇	《故园往事·二集》	25.00元
卫洪平	《双椿集》	26.00元
崔　海	《多大点事》	32.00元
徐乐乐	《文字爱好者》	28.00元
北　鱼	《会心集》	32.00元
于　水	《杯酒文章》	38.00元
刘二刚	《午梦斋题画》	32.00元

怀　一	《画外》	38.00元
武　艺	《游于艺》	28.00元
韩　羽	《读信札记》(平装)	128.00元
韩　羽	《读信札记》(精装)	148.00元
朱英诞(陈均编)	《我的诗的故乡》	30.00元
高恒文	《苍茫的留恋》	22.00元
介子平	《民国文事》	25.00元
启　之	《有梦楼随笔》	20.00元
布　谷	《老莲小笺》	22.00元
丁　东	《人海观潮》	22.00元
韩三洲	《书丛探幽集》	20.00元
曹乃谦	《何母日记》	45.00元
吴冠南	《花间闲话》	55.00元
李　津	《爱与哀愁》	49.00元
赵亭人	《因了心意》	39.00元
靳卫红	《事事关己》	35.00元
李国涛	《编稿手记》	30.00元
阎守诚	《探访逝去的时空》	22.00元
聂　尔	《道路》	28.00元
汪　政	《悲悯与怜爱》	29.00元
李南央	《异国他乡的故事》	22.00元
杨　栋	《梨花楼书事》	25.00元

王祥夫	《蝴蝶飞何园》(精装)	39.00元
王祥夫	《白石老人的虫子》(精装)	39.00元
王祥夫	《吃的品味》(精装)	39.00元
邢小群	《燕山札记》	25.00元
赵承楷	《晨起以记》	22.00元
李延祐	《〈红楼梦〉拾趣》	25.00元
张小苏	《漂·移》	29.00元
王孟奇	《高粱居旧话》	38.00元

欢迎荐稿欢迎赐稿　　邮箱 mjbywy@163.com